The Film Club

曾经少年

DAVID GILMOUR

〔加〕大卫·吉尔莫————著　连城————译

南海出版公司

新经典文化股份有限公司
www.readinglife.com
出　品

献给帕特里克·克林

我只知道抚养和教育孩子是人类最重要也最艰深的学问，除此以外，我对教育一无所知。

——米歇尔·德·蒙田[①]

① 米歇尔·德·蒙田（Michel de Montaigne，1533－1592），法国思想家、作家。（本书注释若无特殊说明，均为译注。）

第一章

几天前，我在一盏红灯前停步的当儿，看到我的儿子正走出电影院。他和新女友在一起。她用手指尖勾住他的外套袖子，在他耳边低语着什么。我不清楚他们刚看过什么电影——影院大门上方的公告牌被一棵繁花盛开的大树遮住了——然而一丝怀旧之情涌上胸口：想起我和他相依为命的那三年，我的心不免隐隐作痛。我们一起看电影，在门廊上畅聊，度过了一段不可思议的时光。一般而言，做父亲的很少有机会跟已经步入青春期的孩子相处。虽然现在我不像过去那样经常见到他（本就该如此），但过去的那三年可真是愉快极了。对于我们两人来说，那都是一段幸运的休憩时光。

当我还是一个毛头小伙子时，我相信世上有一个地方，辍学的坏男孩们都得去那里。它就像大象的坟墓，位于地球的某个角落，只不过这个角落完全由小男孩们精致的白骨铺成。我深信这就是为什么直到今天，我仍不时做噩梦：梦见自己为通过物理测验而突击学习，怀着越来越焦躁的心情飞快地翻看课本——那些向量和抛物线，因为在此之前，我从来没学过这些知识！

三十五年之后，当我儿子的成绩在九年级时开始波动，到了十年级则一落千丈时，我体验到了双重的恐惧：首先是对于正在真实发生的事情的恐惧，其次是源于这种记忆犹新的感觉，现在它仍然鲜活地盘踞于我的体内。我和前妻互换了房子。（“他得和男人生活在一起。”她说。）我搬进了她的房子，她迁到了我的阁楼，这阁楼太小，容不下一个一米九三的笨拙男孩。换了房子以后，我私下里认为，指导儿子的家庭作业也就可以由我来代劳了。

然而这无济于事。面对我每晚发出的“这就是你全部的家庭作业？”的疑问，我儿子杰西总是兴高采烈地回答“当然！”。夏天时他去他母亲家待了一个星期。他走后，我发现各种家庭作业被塞进了他卧室中每一个你能够想到的隐蔽角落。总而言之，学校让他变成了一个撒谎精和狡猾的家伙。

我们将他送到一所私立学校。好些个早晨，一位困惑不已的秘书都会打电话给我们。“他人在哪儿？”当天的晚些时候，我那四肢瘦长的儿子会出现在门廊上。他去了哪儿？也许去了郊区的商场参加说唱比赛，或者是去了不那么有趣的地方，总之不是学校。我们会狠狠批评他，他也会正儿八经地道歉，然后老实好几天，但接着又会故态复萌。

他是一个性格温和的少年，但非常骄傲，看上去不会做任何自己不感兴趣的事，不管后果会多么令他烦恼。而这些后果确实令他烦恼不已。除了评语部分以外，他的成绩单令人沮丧。大家都喜欢他，各种各样的人，甚至包括逮到他在学校墙上涂鸦的警察。（邻居们认出他时都不敢相信自己的眼睛。）那位警官把他送回家的时候说："杰西，换了我是你，我是不会再想干犯法的事的。你真的不是那块料。"

终于，在辅导他学习拉丁语的一个下午，我注意到他没有笔记，没有课本，什么都没有，只有一张皱巴巴的纸，上面有几行关于古罗马执政官的话需要翻译。我记得他垂头坐在厨房桌子的另一端。这孩子有一张白皙的晒不黑的脸，这张脸上任何表情都一览无余，即使最微小的不快都如猛然关上的门般毫不含糊。那天是星期天，青春期孩子痛恨的日子，因为周末差不多已经过去，家庭作业却还没做。城市灰蒙蒙的，像阴天的海洋一样。湿漉漉的树叶掉落街头，星期一在浓雾中逼近。

过了半晌，我问："你的笔记在哪儿，杰西？"

"落学校了。"

这孩子有语言天赋，他懂得不同语言的内在逻辑，而且具有演员般灵敏的听力——这对他本应该毫不费力——但看他前前后后地翻着书，我看得出他对书上的知识压根儿一窍不通。

我说："我实在是搞不明白，你干吗不把你的笔记带回来。这样就更难办了。"

他听出了我声音里的不耐烦，变得紧张起来，这反过来又让我有些微的反胃。他怕我。我讨厌这样。我不知道父子之间是不是都这样，抑或是原因在我，我才是他焦虑的原因，尤其考虑到我的暴脾气和遗传的急性子。“算了，”我说，“无论如何这都会很有趣的。我喜欢拉丁语。”

“你喜欢？”他急切地问（只要能把话题从不见的笔记上转移开）。我看着他忙乎了一阵——他染了尼古丁的手指转动着钢笔，留下糟糕的笔迹。

“到底怎样才能抓住一个萨宾女人[①]并且把她占为己有，老爸？”他问我。

“迟些我再告诉你。”

顿了一顿后，他问道：“‘头盔’这个词是动词吗？”

我们继续下去，午后的阴影延伸到了厨房的瓷砖上。铅笔尖在塑料桌面上跳动。慢慢地，我意识到房间里有一种嗡嗡声。这声音来自何处？他发出的吗？但那是什么声音？我的目光落在他身上。那是一种厌倦，没错，一种淡淡的厌倦，不动声色地确信手头的事情无关紧要。不知怎的，在那几秒钟里，我感觉那种嗡嗡声似乎是从我的体内发出来的。

我忽然明白了，这就是他在学校混日子的方式。这种东西，你不可能战胜得了。突然之间——就像打破窗户的声音一样明白无误——我知道在关于上学的这场战役中，我们输了。

那一刻我还意识到——本能地意识到——我将因为这些事

---

① 源自罗马神话传说。萨宾人是生活在亚平宁半岛的古代部族。相传罗马人为了延续后代，在罗马城建城之后掠夺了大量萨宾女人。

情失去他。某一天，他会从桌子的另一端站起身说："我的笔记在哪儿？我来告诉你我的笔记在哪儿。它们见鬼去了。如果你他妈不让我消停，我会让你也见鬼去。"随后他会走开，摔门而去。就是这样。

"杰西。"我温柔地说。他清楚我在看着他，这让他焦虑不安，似乎自己（又）要遇上麻烦了；而这种举动，前前后后地翻课本的举动，就是他转移注意力的一种方法。

"杰西，把笔放下。请停一停。"

"什么？"他说。我心想他的脸色是多么苍白啊。他的生命力正透过香烟一点点滤出。

我说："行行好吧。我希望你想一想，你到底想不想去上学。"

"老爸，那些笔记在我的……"

"别管那些笔记了。你好好想一想，到底要不要接着上学。"

"为什么？"

我感觉到我的心跳加快了，血液涌上了我的脸。这是一个我从没做过的决定，甚至连想都没敢想过。"因为，要是你不想去学校，那也没问题。"

"什么没问题？"

直说吧，毫无保留地说出来吧。

"要是你不想再去上学，那么你可以不去。"

他清清嗓子。"你打算让我辍学？"

"只要你愿意。不过，请用几天的时间好好考虑考虑。这是一个非常——"

他站了起来。每当兴奋难耐，他总是会站起来；他颀长的四肢因承受不了这种激动而无法保持平静。他将身体靠向桌子，压低声音，仿佛怕被人偷听到。“我不需要考虑上几天。”

“还是考虑一下吧。我坚持。”

那一晚，我灌了几杯酒给自己打气，打电话到我那坐落在一家老糖果厂里的阁楼，将这个消息告诉了杰西的妈妈。她是一位身材瘦削的可爱的女演员，我所认识的世上最善良的女人。她是一个非常“不女演员”的女演员，如果你明白我的意思的话。然而她总会轻易设想最坏的情形，不一会儿就看到了杰西像流浪汉般住在洛杉矶街边的纸板箱里。

“你认为事情变成这样，是因为他自尊心不足吗？”玛姬问。

“不，”我说，“我认为之所以如此，是因为他讨厌学校。”

“要是他讨厌学校，那他一定是哪根筋出了问题。”

“我也讨厌学校。”我说。

“也许他遗传了你的基因。”我们以这种方式争论了一会儿，她流下了眼泪，而我喋喋不休，发表了一通会令切·格瓦拉都为我骄傲的泛泛之谈。

“既然如此，他该去找一份工作做。”玛姬说。

“你觉得，有必要以一件让他恶心的事来代替另一件吗？”

“那么，他该做什么？”

“我不知道。”

“也许他可以做些志愿者的工作。”她冷冷地说。

那天半夜，我醒了过来，我的妻子蒂娜在我旁边翻身，我起床踱到窗口。月亮不成比例地低悬在空中；它已经迷失了方向，等着被人带回家。要是我错了怎么办？我思索着。倘若我是在以儿子的前途为代价赶时髦，让他毁掉了自己的人生，又怎么办？

确实，我想，他是该做些什么。但做什么呢？我能让他做什么才能避免重演他的学校悲剧呢？他不读书；他讨厌运动。他喜欢做什么？他喜欢看电影。我也一样。事实上，我快四十岁的时候，曾有好几年在一个电视节目里担当能说会道的影评人。我们能利用这一点做些什么吗？

三天后，他应约来到一家名为“天堂”的法国餐馆吃晚餐，餐馆里铺着白色桌布，桌上放着厚重的银制餐具。他在外面等我，坐在石栏杆上抽烟。他从不喜欢一个人坐在餐馆里。那会让他难为情，仿佛每个人都会把他视作没有朋友的失败者。

我给了他一个拥抱，可以感觉到他年轻身体的力量和活力。“我们叫些葡萄酒喝吧，然后聊聊。”

我们走进餐馆。和人握手。成年人的仪式让他开心。他甚至和酒保开了一个《沃尔顿一家》[①] 中的小约翰的玩笑。我们安静地坐等侍者，沉默让我们有些心烦意乱。我们煞有介事地等待着，在那之前没什么话可说。我让他叫酒喝。

“科比埃[②]，”他低声说，“那地方是在法国南部，对吗？”

“没错。”

“酒是有点泥土味的那种？”

---

① 20 世纪 70 年代至 80 年代美国热门电视剧，国内又见译名“华生一家”。

② 法国红酒产区。

"正是那种。"

"请给我科比埃红酒。"他说完对女侍应莞尔一笑，仿佛明知自己这是拙劣的模仿，却乐在其中。天哪，他的微笑可真迷人。

我们一直等到酒端了上来才开口。"你来吧。"我说。他闻闻软木塞，笨拙地摇摇盛了酒的杯子，就像猫面对陌生碟子里的牛奶似的，啜饮了一小口。"我说不上来。"他说，他的勇气在最后一刻抛弃了他。

"不，你行的，"我说，"放松一点。要是你认为它不好，它就是不好。"

"我有点紧张。"

"闻闻就好。你能辨别出来的，第一印象总是没错。"

他再次闻了闻。

"你把鼻子伸进去闻。"

"酒很好。"他说。女侍应也嗅了嗅瓶口，"很高兴再次见到你，杰西。你爸爸是这儿的常客。"

我们环视餐馆。那对来自埃托比科克[①]的老夫妇在场。还有那位牙医和他的妻子，他们的儿子很快会在波士顿的某所大学拿到商科学位。他们向我们挥挥手。我们也向他们挥挥手。要是我错了该怎么办？

"那么，"我说，"你有没有考虑我们上次聊到的事情？"

我看得出他想站起来但克制住了。他环视四周，似乎因为环

① 地名，位于加拿大。

境的束缚而感到愠怒。随后，他将苍白的脸靠近我，似乎在泄露一个秘密。“说真的，”他低声说，“我不想再踏进学校一步。”

我的胃部一阵抽搐。“既然如此，那就不去了吧。”

他沉默地看着我。他在等待“交换条件”中“条件”的出现。

我说：“我只说一件事。你不需要工作，也不需要付房租。你可以每天睡到下午五点。但不准吸毒。你要是沾了任何一种毒品，这个协议立刻作废。”

“好吧。”他说。

“我可不是开玩笑。如果你沾上那种玩意儿，我他妈会要你好看。”

“好吧。”

“不过，”我说，“还有一件事。”（我感觉自己像《神探可伦坡》[①]里的警探。）

“什么？”他说。

“我想让你每周跟我一起看三部电影。我来选片子。这是你要接受的唯一教育。”

“你在开玩笑吧。”沉默了一阵后，他说。

我没有再多费口舌。第二天下午，我让他坐在起居室的蓝色沙发上，我坐在右边，他坐在左边，拉下了窗帘，放了弗朗索瓦·特吕弗[②]的《四百击》（1959）。我觉得这是一个让人不知不觉爱上欧洲艺术电影的好办法。我想，他在学会怎么看这些电影之

---

① 20 世纪 70 年代美国热门电视剧。

② 弗朗索瓦·特吕弗（François Truffaut，1932 – 1984），法国导演。

前，一定会觉得它们索然无味。就像学习常规文法的变体一样。

我解释说（我想简明扼要地讲一讲），特吕弗是通过走后门拍起了电影；他高中辍学（像你一样）、逃避兵役，又是一个三流小偷；不过他热爱电影，在整个少年时代，他常常溜进遍布战后巴黎的电影院看电影。

特吕弗二十岁的时候，一位有同情心的编辑为他提供了一份写影评的工作——六年之后，他拍摄了自己的首部电影。《四百击》（法文片名为"Les Quatre Cents Coups"，这是一句谚语，译为"播种野生燕麦种子"，意为"少年时纵情玩乐"）是对特吕弗早年麻烦不断的逃学生涯的自传性回顾。

为了找到一位演员扮演青少年时期的自己，这位二十七岁的新手导演在报纸上刊登了一则广告。几个星期后，一个从法国中部的寄宿学校逃学、搭便车来到巴黎的黑发男孩参加了安托万这个角色的试镜。

他的名字叫作让－皮埃尔·利奥德[①]。（到此为止，杰西一直在聚精会神地听我讲。）我指出，除了精神病医师办公室那个场景之外，这部电影完全是在没有录音的状态下拍出来的——声音是后来补录的——因为特吕弗没钱购买录音设备。我请杰西留意一个著名的场景，也就是在一次巴黎户外教学时，全班的孩子一个个从老师背后溜走的场景；我也稍带提到一个非凡的时刻，也就是少年安托万和女精神病医师谈话的情景。

---

① 让－皮埃尔·利奥德（Jean-Pierre Léaud，1944－ ），法国演员。

“留意她问起他关于性的问题时，他脸上流露的微笑，”我说，“记住，剧本上并没有这个场景；完全是即兴。”

我适时地发现，自己说起话来开始像一位头皮屑过多的高中老师了。于是我开始放电影。我们一直看到结尾，那个安托万从少管所逃出来的长长的场景：他跑过田野、穿过农舍、跑过苹果树林，一直跑到令人目眩的海边。就像他从来没见过海似的。它是如此宽阔无垠！它似乎在无穷无尽地延伸。他跑下一段木阶梯；他冲向沙滩，在那儿，波浪涌起，他缓缓回头并望向镜头；画面凝固；电影结束了。

过了一会儿，我说：“你觉得怎么样？”

“有点乏味。”

我试着挽回，“你看得出安托万的处境和你有任何相似的地方吗？”

他想了一会儿。“没看出来。”

我说：“电影的结尾，也就是最后一个镜头里，他脸上那种古怪的表情，你怎么看？”

“我不知道。”

“他看起来如何？”

“他看起来忧虑不安。”杰西说。

“他在忧虑什么？”

“我不知道。”

我说：“想想他的处境吧。他从少管所和家里逃了出来；他自由了。”

“也许他在忧心现在该做些什么好。”

我说：“你的意思是？”

“也许他在说：‘好吧，我已经跑了这么远。但是下一步该怎么办？’”

“好吧，我再问你一次，”我说，“你看得出他和你的处境有任何共同之处吗？”

他露齿一笑。“你的意思是说既然我不必去学校，那么我现在该做些什么？”

“是的。”

“我不知道。”

“好吧，也许这就是那孩子看起来烦恼重重的原因。他也没有头绪。”我说。

过了一会儿，他说：“在学校的时候，我担心自己成绩不好，还怕惹上麻烦。现在我不去学校了，又担心我也许已经搞砸了我的人生。”

“很好。”我说。

“怎么好了？”

“这说明你不想就此松懈，毁了自己的人生。”

“但是我很希望我可以不再忧虑。你忧虑吗？”

我下意识地吸了一口气。“忧虑啊。”

“所以不管过得多好，人永远不会高枕无忧？”

“这要看是哪一种忧虑了，”我说，“比起过去，我现在的忧虑更让人开心一些。”

他凝视着窗外。“现在发生的一切让我想抽烟。然后我就可以担心自己会不会得肺癌了。”

作为甜点，第二天我给他放了莎朗·斯通[①]主演的《本能》(1992)。我再次对电影做了点介绍，没说什么复杂的东西。一点简单的经验法则：只讲梗概就好。如果他想知道更多，他会问的。

我说：“保罗·范霍文[②]是一位荷兰导演。他在欧洲拍了几部卖座的电影，后来到好莱坞发展。他的电影往往具有巨大的视觉冲击力，布光也很精妙。他拍了几部优秀的电影，都含有极端的暴力内容，但颇值得一看。《机械战警》（1987）是这些电影中最好的一部。”（我开始觉得，自己听起来就像一部莫尔斯电码机，不过我不想让他走神。）

我继续说下去：“他也拍了一部有史以来最糟糕的影片，一部坎普[③]经典，就是《艳舞女郎》（1995）。”

我们开始看电影。一位茶色皮肤的金发女郎在和一个男人做爱的时候，用一把冰锥刺死了他。真可谓是美妙的开场。看了十五分钟后，观众很难不这样假设：《本能》并不只是在讲一群低俗的人，它简直就是一群低俗的人拍的。影片有着肮脏的、男学生式的对可卡因和女同性恋“堕落”的痴迷。然而，我得说，它是一部可看性强得不可思议的电影。全片勾起一股恐惧，却不

① 莎朗·斯通（Sharon Stone，1958－ ），美国女演员。

② 保罗·范霍文（Paul Verhoeven，1938－ ），荷兰导演。

③ 西方流行艺术中的一个类别，这里指矫揉造作、故意设计出夸张恶俗情节的电影。

让人觉得反感。你总感觉似乎有一些重要或龌龊的事即将发生，即便事实上并没有。

随后出现了下面的对白。我向杰西指出，编剧乔·埃泽特哈斯曾经是一位记者，他拿了三百万美元的薪酬写出了这种东西来：

> 警探：你跟他约会多久了？
>
> 莎朗·斯通：我没和他约会。我操他。
>
> 警探：他死了，你是否难过？
>
> 莎朗·斯通：难过。我喜欢操他。

杰西无法将眼光移开屏幕。他也许还算欣赏《四百击》，但那跟这部电影无法相提并论。

“你能暂停一会儿吗？”他说，然后跑到卫生间撒尿；坐在沙发上的我听到马桶座板被哐当一声掀开，随后是一阵喷涌，好像站在厕所里的是一匹马而不是一个人。“看在上帝的分上，杰西，关上门！”（我们今天要学的是方方面面的东西。）梆的一声，门关上了。随后他急匆匆地回来，只穿着袜子的双脚咚咚猛跺地板，手提裤腰，跳回沙发上。“你得承认，老爸，这是一部非常不错的电影。”

第二章

一天，杰西带了一个女孩回家。她叫丽贝卡·吴，一位迷人的越南裔美女。“很高兴见到你，大卫。”她盯着我的眼睛说。

大卫？

“你今天过得怎么样？”

“我今天过得怎么样？”我像个傻瓜似的重复着，“还算不错。”

我在这个街区住得开心吗？为什么这么问？开心，谢谢你。

“我有一位阿姨，她住在离这儿几条街的地方，”她说，“她人非常好。是移民，不过人非常好。”

移民？

丽贝卡·吴的打扮无懈可击，她穿着整洁的白色牛仔裤，上身是褐红色尖领衬衫和皮夹克，脚穿披头士式短靴。你会有一种感觉：这些衣服是她自己掏钱买的，她兴许课余在约克维尔的精品服装店做兼职，星期六则在四季酒店的酒吧里给那些脱下婚戒的行政主管们端酒（在她忙着提前修完微积分学分之余）。她扭头对杰西说话时，我闻到了一股香水的味道。精致、昂贵。

“这就是你家呀。”她说。

然后他带她下楼，进了他的卧室。我表示反对。那个房间很不成样子。没有窗户，没有自然光线。只有一张床和一条破烂的绿色毯子，衣服被丢在地上，CD四散在房间里，一台电脑对着墙，“图书馆”里头有埃尔默·伦纳德[①]亲笔签名的书（没有读过）和乔治·艾略特[②]的《米德尔马契》（他妈妈满怀期望送给他的礼物），加上一批以皱着眉头的黑人男性作封面的嘻哈乐杂志。一堆水杯放在床头柜上，一旦移动，它们会迸发出枪响般的声音。偶尔还会有“成人”杂志（《1－800－荡妇》）在床垫和弹簧床之间探头探脑。“我不介意看色情杂志。”他不动声色地说。

“哎，我介意，”我说，“所以，请你把它们收起来。”

隔壁的洗衣间里，家里大半的毛巾在水泥地板上发霉。不过我并没吱声。我认为现在不宜把他当小孩子看待，说一些“在我继续修剪前院该死的草坪的时候，你们两个孩子为什么不喝些牛奶吃点饼干！”之类的话。

很快，贝斯低沉的声音穿过地板传了过来。可以听到丽贝卡的声音盘旋于音乐之上，之后是杰西的声音，更低沉，充满自信。跟着爆发出一阵爽朗的大笑。不错，我想，她已经发现他是多么

---

① 埃尔默·伦纳德（Elmore Leonard，1925－2013），美国西部及犯罪小说家、编剧。
② 乔治·艾略特（George Eliot，1819－1880），英国小说家、诗人玛丽·安·伊万斯（Mary Ann Evans）的笔名。《米德尔马契》是她的代表作之一。

风趣了。

“那女孩多大？”他送她去地铁站回来后，我问。

“十六，”他说，“不过，她有男友。”

“我想象得出来。”

他没有把握地一笑。“你这是什么意思？”

“没什么特别的意思。”

他面有忧色。

我说：“我的意思是，既然她已经有男友了，那为什么还来找你？”

“她很漂亮，对吧？”

“她当然漂亮。而且她也清楚自己漂亮。”

“人人都喜欢丽贝卡。他们都假装自己只想跟她做朋友。她也让他们开车送她。”

“她男友多大？”

“和她一样大。不过，他是一个书呆子。”

“那显得她这个人挺好的。”我古板地说。

“怎么说？”

“能让她显得更有趣。”我说。

他在厨房水槽上方的镜子里照了照，轻轻地将头侧向一边，吸起脸颊，噘起嘴唇，煞有介事地皱皱眉头。这是他的“照镜子专用表情”。这在别的场合下看不到。你简直觉得他那浣熊皮毛般浓密的头发会全部竖起来。

“不过，在他之前的是个二十五岁的家伙。”他说。（他想聊聊她。）他有些困难地将凝视着镜子的目光收回，表情也恢复到平常的状态。

“二十五岁？”

“她身边男人如云，老爸。他们像苍蝇一样围着她打转。”

一瞬间，他看上去比在他那个年纪的我聪明多了。没有那种妄想式的自负。（这倒也不算什么成就。）但他和丽贝卡·吴在一起这件事还是让我紧张不已。这就像眼睁睁看着他坐进了一辆非常昂贵的汽车。我老远就能闻到新鲜的皮革味了。

“我没像是在对她献殷勤或怎么的，对吧？”他问。

“对，一点不像。”

“也没有紧张什么的？”

“不紧张。你紧张吗？”

“近看她时有一点点。别的时候都没问题。”

“在我看来，一切都在你的掌握之中。”

“真的，是吧？”你可以看到他的身上再一次出现了一种轻快的、暂时抛开了忧郁的情绪，但他接下来还是会回到焦虑和猜疑中，就像被重力牵引似的。我能给他的是那么少，我想——只能给他一点点安慰，如同用小小的苹果片喂公园里的珍稀动物。

透过墙壁，我可以听到我们的邻居艾利诺在忙活。她在厨房里忙碌着，泡茶，听收音机。一种孤独的声音。我一边听着她那边的动静，一边思索着我自己的忧虑，断断续续地回忆起了杰西的初次“约会”。他那时十岁，或许是十一岁。我抱着双臂看他如何准备；看他刷牙，将我的除臭剂喷在他小小的腋窝下，穿上一件红色T恤，梳理头发，然后出发。我尾随着他，躲在灌木丛和树后，不让他看到我。（在阳光下，这位紫色头发的小人儿是多么好看啊。）

过了一会儿，他出现在一幢高耸的维多利亚式房子旁的私人车道上，身边有一位小女孩。她比他高一点点。我跟着他们走到布罗尔街，他们进了一家“咖啡时光”，脱离了我的监视。

“你没觉得我配不上丽贝卡，对吧，老爸？”杰西边问边照镜子。镜子中，他整张脸都扭曲着。

“没有谁是你配不上的。”我说。不过，这样说的时候，我的心跳得很快。

那个冬天，我有大把时间。我当时在主持一个没人看的小型纪录片节目，不过合约就要到期了，执行监制也没有回复我那略显急切的电子邮件。我有种不舒服的预感：我的电视生涯已经结束了。

“你不妨出去走走，像别人一样找找工作。”我太太说。这话吓着我了。五十岁的人还毕恭毕敬地四处找工作？

“我相信人们不会以异样的目光看你，”她说，“这无非就是一个人在找工作而已。人人都这样。”

我给以前的一些同事打电话，他们曾经很赞赏（我以为）我的工作。然而他们或是已经换了新工作，或是娶了新一任妻子，生了小孩。我可以感觉到他们的亲切友善，与此同时又觉得自己格格不入。

我和一些多年未见的人吃午饭。包括我高中、大学以及当年在加勒比海一起度过快乐时光的老朋友。吃了不到二十分钟，我就会看着刀叉，心想，没有必要再做这么无聊的事情了。（我敢肯定他们也这么想。）我私下里嘀咕，难道我就要这样度过余生了吗？就我目前的状况来看，再过五年或十年，事情也不会变得更好。我那种认为事情会“有某种转机”而“完美收场”的轻易自信烟消云散了。

我画了一个让人不舒服的小图表。假设从此没有人再雇我工作，我存的钱足够我生活两年。如果我不再外出吃晚饭，这个时间会更长。（要是我死了，这个时间甚至会更长。）但接下来怎么办？做代课老师？这种事我有二十五年没做过了。这个念头让我的胃部翻腾不已：早上六点三十分电话就响起，我从床上跳起来，心跳得厉害，嘴里一股恶臭；穿上衬衫、系好领带，然后套上有樟脑丸味道的运动夹克；讨厌的地铁将我带向陌生街区的红砖墙学校，我穿过过于明亮的走廊，来到副校长办公室。“你不就是以前常在电视上出风头的家伙吗？”一想到这些，你就会想在早上十一点狂灌烈酒。我曾那样狂灌过几次，当然，后果就是像马尔科姆·劳瑞[①]一样，成了醉鬼。你搞砸了你的人生。

一天早上，我醒得太早，来到一家我不熟悉的餐馆。账单上来的时候，我发现价钱出奇地低。很明显出了什么差错，我可不希望让女服务员赔钱。我招手叫她过来。“这价钱似乎也太低了

① 马尔科姆·劳瑞（Malcolm Lowry，1909 – 1957），英国诗人、小说家。小说《火山下》是他的代表作。

一点。”我说。

她看了看账单。“不，不，”她快活地答道，“这是老年人特价餐。”

老年人特价餐——也就是给六十五岁以上的人吃的。更悲哀的是，我竟然体会到一种轻微的感激之情。毕竟，这一餐供早起的鸟儿吃的火腿蛋，几乎为我省下了两块五加币。

外面阴云密布。开始飘雪了，湿透的雪片飘落在窗玻璃上。街对面小小的泊车处消失在迷雾中。可以看到红色的车尾灯在移动，有人正在把车倒入停车位。恰好在这时，杰西的妈妈玛姬·胡索拉克打了个电话过来。她刚在我的阁楼里开了一瓶红酒，自斟自饮，想找个人陪她。街灯亮起来了，街灯四周的雾气魔法般地闪耀着光芒。突然间，这变成了一个舒适而完美的夜晚，适合父母们谈论他们宠爱的小孩——我们聊起他的日常饮食（差劲）、运动（不做）、抽烟（让人烦恼）、丽贝卡·吴（麻烦）、毒品（据我们所知倒是没碰）、阅读（从不）、电影（今天放希区柯克[①]的《西北偏北》）、喝酒（在派对上）以及本质（爱做梦）。

聊着聊着，我再次意识到，我们过去曾经彼此相爱。这不是肉体之爱或是浪漫之爱——我们已经过了这个阶段——而是某种更为深刻的爱。（当我还年轻时，我并不相信这世上存在任何深刻的东西。）我们很高兴互相做伴，会因为听到彼此的声音而感

① 阿尔弗雷德·希区柯克（Alfred Hitchcock，1899－1980），英国导演。

到放松。除此之外，我费了一番周折才知道除了她，我再也找不到一个可以如我所愿、一起巨细靡遗地谈论我儿子的人——谈他今天早上说过些什么、他口齿有多伶俐、他穿上新橄榄球衫的时候多么帅气。（“你说得对极了！他特别适合穿深色的衣服！”）

没有人受得了听这种破事超过三十秒，还不从窗口跳出去。多么悲哀啊，我想——对于那些讨厌对方到麻木不仁的父母来说，多么可惜啊，互相的厌倦剥夺了他们进行美妙交流的机会。

“你最近交了新男友没有？”我问。

“没有，”玛姬说，“找不到可爱的男人。”

“你会找到的。我了解你。”

“我不知道，”她说，“几天前，有人对我说，像我这把年纪的女人，死于恐怖袭击的机会倒大于结婚。”

“能讲出这话来可真了不起。谁说的？”

她提起一位和她一起彩排《海达·高布乐》[1]、脸像鸭子的女演员。

“我们通读了一遍剧本，最后，那个我认识了几年的导演对我说：‘玛姬，你很像是单一纯麦的苏格兰威士忌。’”

“是吗？”

“你知道她说了什么吗？”

“什么？”

“她说：‘就是那种很廉价的酒，不是吗？’”

① 挪威戏剧家易卜生创作的戏剧。

过了一阵之后，我说："你是比她优秀的演员，玛姬。因为这个，她永远不会原谅你。"

"你总是对我说好话。"她声音颤抖地说道，忍不住哭了起来。

我记不太清楚了。有可能是同一个雾蒙蒙的夜晚，或是几个夜晚之后，丽贝卡·吴在凌晨四点打了个电话过来。电话铃声完美地融入了我的美梦（我梦见在夏日的乡村小屋，母亲在厨房里给我做番茄三明治，而所有这一切早已不在了），所以我一开始并没醒过来。它一直响啊响，直到我拿起听筒。像她这个年纪的女孩子，在这个时间还没有睡未免也太奇怪了，更别说打电话过来了。"丽贝卡，现在打电话过来太晚了。"我说。

"对不起，"她以一种并不让人觉得她有多对不起的腔调说，"我以为杰西房间里有电话呢。"

"就算他有——"我开口，可舌头就像打了结似的，说不出话来。听起来就像中了风。

你不能一早就劈头盖脸训十几岁的孩子一通。你必须等到他刷了牙、洗了脸、上楼、坐下、吃完他的炒蛋后，才能训他。我对他说："见鬼，昨天晚上你们之间发生了什么事？"

"她梦见我了。"他试图掩饰他的兴奋之情，但脸上有在玩扑克时拿了一手大牌的人才会焕发的那种光彩。

"她跟你说的？"

"她跟他说的。"

"谁？"

“她男友。”

“她对男友说她梦见你了？”

“没错。”（这有点像哈罗德·品特[①]的戏剧了。）

“天哪。”

“怎么了？”他说，有点惊慌。

“杰西，当一个女人告诉你她梦见了你，你知道这意味着什么，对吧？”

“什么？”他清楚答案。他只不过想听我说出来而已。

“那意味着她喜欢你。她以这种方式告诉你，你在她心里。真的在她心里。”

“这是真的。我觉得她喜欢我。”

“我不怀疑这一点。我也喜欢你——”我打住了，一时词穷。

“但是什么？”

我说：“这非常不靠谱，就是这样。而且很残忍。如果你的女友跟你说她梦见了另一个男孩，你会做何感想？”

“她不会的。”

“你的意思是说，只要她在你身边，她就永远不会梦见别的男孩？”

“是的。”他说，声音显得并不完全自信。

我继续说下去：“我想说的是，杰西，女孩会以对待前任男友的方式来对待你。”

---

① 哈罗德·品特（Harold Pinter，1930－2008），英国剧作家、导演。

“你这么觉得吗？”

“不是我这么觉得。我很清楚这一点。看看你妈妈，她对旧男友一直友善又大方。这就是她没有污染你的耳朵，也没有拉我上法庭的原因。”

“她不会那样做的。”

“这恰好是我要说的重点。要是她不会那样对待另一个男人，那么她也不会那样对待我。这就是我和她而不是其他人生了你的原因。”

“你早就知道你们俩总有一天会分手？”

“我的意思是，你可以和混账上床，但永远不要和她生孩子。”

这话让他闭上了嘴。

—

我已经给我们要看的电影列了清单（贴在冰箱上面的黄色卡片），因此我知道在起初的几周里我会给他放《罪与错》(1989)。伍迪·艾伦[①]近来的电影让人感觉他似乎在赶家庭作业，他想赶紧将它们拍完，然后抽身出来，这样就可以做其他事情了。所谓的其他事情，悲惨地讲，是去拍另一部电影。这是一个恶性循环。不过，在拍了三十多部电影后，也许他已经做完了毕生的工作；也许从现在开始，他有权做他觉得快乐的事情了。

然而他还是有过一段佳作迭出的日子。《罪与错》是一部很多人曾经看过的电影，但就像契诃夫的短篇小说一样，他们第一

① 伍迪·艾伦（Woody Allen，1935－ ），美国导演。

次看的时候不能完全理解它在讲什么。我一向认为这是一部能让你一睹伍迪·艾伦如何看待世界的电影——在他眼中，像你的邻居那样的凡人确实能在杀人后逃脱制裁，而傻瓜终能获得绝色女友的芳心。

我提醒杰西注意这部电影娴熟的叙事技巧，注意它是如何简明扼要地介绍了眼科医师（马丁·兰道①饰）和他歇斯底里的女友（安杰丽卡·休斯顿②饰）之间的关系。寥寥几笔后我们就清楚了，他们是如何从疯狂的求爱走到了蓄意的谋杀。

杰西觉得这部片子怎么样？他说："我想我会喜欢现实生活中的伍迪·艾伦。"我们就没再继续谈下去了。

接下来我给他放了一部纪录片——《火山：马尔科姆·劳瑞的生死调查》(1976)。有些话你一生只能说一次，这里就有一个例子：《火山》是我一生中看过的最好的纪录片。二十多年前，当我第一次做电视节目时，我问一位资深制作人她听说过这部影片没有。

"你在开玩笑吧？"她说，"这部电影就是我进电视台工作的原因。"她甚至可以引用片中的台词："除非你像我一样饮酒，否则怎么可能理解一位来自塔拉斯科、在早上七点玩多米诺骨牌的老妇人之美？"

电影讲的是一个多么传奇的故事啊：马尔科姆·劳瑞是一位出身富裕家庭的少年，二十五岁那年离开了英国，一路喝酒、环

---

① 马丁·兰道（Martin Landau，1928－2017），美国演员。

② 安杰丽卡·休斯顿（Anjelica Huston，1951－ ），美国女演员。

游世界，最后定居在墨西哥，在那里开始创作一篇短篇小说。十年过去且喝了一百万杯酒以后，他将短篇小说扩展为史上关于喝酒的最了不起的小说《火山下》，在这个过程中他几乎将自己喝成了疯子。(非常奇怪的是，那部小说绝大部分是在温哥华以北十英里处的一间小木屋里写出来的。)

有一些作家，我解释道，他们的生死能和他们的作品一样引发人们的好奇和赞赏。我提到弗吉尼亚·伍尔芙①(溺亡)、西尔维亚·普拉斯②(开煤气自杀)、斯科特·菲茨杰拉德③(因酗酒而早逝)。马尔科姆·劳瑞也一样。他的小说是文学上对自我毁灭的最为浪漫的颂歌之一。

“真可怕，”我对杰西说，“想象一下有多少像你这般年纪的人，每天喝得烂醉如泥，照着镜子，认为自己看到的是马尔科姆·劳瑞。有多少年轻人认为自己不是崩溃了，而是在做着更为重要、更为诗意的事。”我给杰西读了小说中的一个片段，以指出原因，“劳瑞写道：‘我有时候是这么看自己的：一个发现了一片非凡土地的伟大探险者，他永远无法从那里折返，给世界讲述他看到的一切，而那片土地的名字就叫地狱。’”

“天哪，”杰西说，一屁股坐回沙发，“你认为他是认真的吗，他真的那样看待他自己？”

“我想是这样。”

---

① 弗吉尼亚·伍尔芙（Virginia Woolf，1882－1941），英国女作家。

② 西尔维亚·普拉斯（Sylvia Plath，1932－1963），美国女诗人、作家。

③ 斯科特·菲茨杰拉德（Scott Fitzgerald，1896－1940），美国作家。

想了一会儿之后，他说："我知道这是不应该的，但奇怪的是，这种话会让你想出去闯一闯，并最终被毁灭。"接着，我请他特别留意一下纪录片中的台词，它和劳瑞本人的文章风格往往是契合的。这里有一个例子，该片编剧、加拿大电影人唐纳德·布莱顿这样描述劳瑞被监禁于纽约一个疯人院中的情形："这不再是人们倒在松软草坪上的富裕中产阶级世界。在这里，事情变成了这个样子：尽管一切已经无可救药，人们还是得继续活下去。"

"你是不是觉得我太年轻，读不懂劳瑞？"他问。

棘手的问题。我知道在他人生的这个关口，他翻二十页便会丢开这本书。"在读他之前，你需要先读一些其他的书。"我说。

"哪些书？"

"这就是你要上大学的原因。"我说。

"难道就不能自己读？"

"可以。但人们不会那么做。有些书你只有被迫才会去读。这就是正统教育的魅力所在。它会让你去读一些你通常不会去碰的书。"

"这是好事情？"

"最终来看，是的。"

蒂娜偶尔下班回家的时候，会看到我在用指间的羊角包引诱杰西上楼——好像我是在海洋世界里训练海豚似的。

"他有非常通情达理的父母。"她说。以前她必须靠在夏天、假期甚至周末做兼职，才能读完大学，现在她一定觉得这个下午的仪式有点伤人。

关于蒂娜，我顺便说两句。第一次看到她在新闻编辑室忙碌时——那几乎是十五年前的事了——我就想："太漂亮了。算了吧，想都别想。"

可是，我们还是眉来眼去了很短的一段时间。几个星期后，她结束了这段关系。据她苛刻的观察，尽管我是"很有趣的酒伴"，但却不是"做男朋友的料"。

"到了我这个年纪，"她说，"可受不了为一段不会有结果的关系花上两年时间。"

几年时间一晃而过。有天下午，我刚离开地下商场里的银行，便在自动扶梯底下遇到了她。时光将她的脸拉长了，她看起来有些憔悴。我希望这是恋爱不顺造成的，这样我就可以再次展开追求了。我们终于正式约会了几次，有天晚上，我们从某处走回家，我凝视着她的背影，心想我一定要娶这个女人。这就像是某个自我保护的机械装置启动了，一如寒夜中的暖气炉。它说，娶这个女人，你会死而无怨。

听说了消息的玛姬把我叫到一旁，低声道："这次你绝对不能再搞砸了。"

接下来我给杰西放了《公民凯恩》(1941)——"相当好，但绝不是有史以来最佳的电影。"还有约翰·休斯顿[①]的《巫山风雨夜》(1964)——"胡扯。"然后是《码头风云》(1954)。

刚开始的时候，我用了一个反问，马龙·白兰度[②]难道不是

① 约翰·休斯顿（John Huston，1906－1987），美国导演、编剧和演员。
② 马龙·白兰度（Marlon Brando，1924－2004），美国演员。

有史以来最伟大的演员吗？

随后我开始高谈阔论。我解释说《码头风云》表面上描绘的是在纽约码头清除腐败的故事，但它真正的意义是展现了美国电影里一种加速涌现的表演风格——“方法派”，即演员通过体验真实生活来塑造个性化的角色。这种表演可能会过度个人化并令人不快，但在本片中却棒极了。

我继续说道，你可以用多种方式来看待这部电影。它获得了八项奥斯卡奖。最表面的层次是，它讲述了一位年轻人（白兰度饰）面对真正的良心危机的刺激故事。他应该容许邪恶的罪行不受惩罚吗，即使这罪行是他的朋友们犯下的？还是说他应该将它揭发？

不过还有另外一种看法。电影的导演伊利亚·卡赞[①]犯过那种一辈子都摆脱不了的可怕错误：他在五十年代成了参议员约瑟夫·麦卡锡的“众议院非美活动调查委员会”的自愿证人。我解释道，在委员会“调查”期间，很多加入了共产党的演员、编剧和导演被常规化地列入了黑名单，他们的人生因此被毁。

由于阿谀奉承和自愿“供出他人名字”，他得了个“大嘴卡赞”的绰号。影评人认为《码头风云》本质上是对背叛朋友的狡猾辩护。

我看到杰西脸上显出阴沉的神色，于是我不再解释，而是让他看马龙·白兰度和爱娃·玛丽·森特[②]在公园的一场戏。他拿着她的手套，戴在自己手上；她想要离开，但又不能，因为手套在

① 伊利亚·卡赞（Elia Kazan，1909－2003），希腊裔美国导演、编剧。
② 爱娃·玛丽·森特（Eva Marie Saint，1924－ ），美国女演员。

他手上。当卡赞谈到白兰度的时候，总会聊到这个场景。“你看到了吗？”他经常以一种奇特的腔调问采访者，仿佛他亲眼见证了什么本不应在这个世界上发生的事件。

接下来，我放了《灵欲春宵》(1966)、梅丽尔·斯特里普[①]主演的《谁为我伴》(1985)、格雷厄姆[②]原著改编的《第三人》(1949)。杰西喜欢其中的一些，有的则让他感觉乏味。但这总好过要他付房租和找工作。当我给他放《一夜狂欢》(1964) 时，我大吃了一惊。

我说，那些不是在六十年代成长起来的人很难想象披头士当时有多重要。那群稚气未脱的男孩每到一个地方，都能享受到罗马皇帝般的待遇。他们身上有一种非凡的气质，让人觉得不管他们的人气高得如何可怕，只有你自己才能理解他们有多么伟大，也就是说，他们是你一个人的秘密发现。

我告诉杰西，一九六六年的时候我曾在多伦多的枫叶园看过他们。我从未见过那样的情形，那样可怕的尖叫，那么多闪烁的闪光灯，约翰·列侬卖力地演唱着《又高又长的莎莉》。我身旁的十几岁少女狂热地抓住我的双筒望远镜，几乎连我的头也一把扯了过去。

我告诉他，一九八九年我曾采访过乔治·哈里森[③]，他当时发行了他的最后一张专辑。我在他位于手工电影公司的办公室里

① 梅丽尔·斯特里普（Meryl Streep，1949－ ），美国女演员。
② 格雷厄姆·格林（Graham Greene，1904－1991），英国小说家、剧作家。
③ 乔治·哈里森（George Harrison，1943－2001），英国音乐人，披头士成员之一。

等他，当我转过身看到他——这位身材瘦削、披着一头厚厚黑发的中年男人进来时，幸福得几乎要晕倒。“请稍等，”他以那种你会在《艾德·沙利文秀》[1]中听到的腔调说，“我得先梳梳头发。”

我向杰西描绘了他们的《一夜狂欢》拍得多么“完美”——从闪烁的黑白拍摄，到乐队成员们引领潮流的白衬衫黑西装，到拍出纪录片那种现实生活感的手持摄影风格，都很完美。那种摇晃不定的六点钟新闻风格影响了一代电影人。

我为他指出影片中几个令人愉快的片段：乔治·哈里森（按照导演理查德·莱斯特[2]的说法，他是这群人当中最好的演员）表演的场景以及他们穿着糟糕衬衫的场景，还有约翰·列侬在火车上对着可口可乐瓶口喷鼻息的情景。（那时几乎没有人看懂这个笑话。）但是我最喜欢的是披头士成员跑下阶梯、冲出门来到一片空地上的那个情景。随着《买不来的爱》这首歌在背景中奏响，这一刻变得如此令人难以抗拒、心醉神迷，以至直到今天，我仍然能体会到某种深刻而重要的东西近在眼前却永远无法拥有的那种感受。这么多年过去了，我还是弄不清楚这“重要的东西”到底是什么，而当我观看这部电影时，我却仍然感觉到它的存在。

放映前，我向杰西提到，二〇〇一年，还健在的乐队成员发行了一张曾荣列排行榜第一名的歌曲的合集。那张唱片立即占据了三十四个国家的畅销榜前列，风靡加拿大、美国、冰岛和整个

---

① 美国 CBS 电视台制作的一档综艺节目，由纽约娱乐专栏作家艾德·沙利文（Ed Sullivan）主持。

② 理查德·莱斯特（Richard Lester，1932－ ），美国导演。

欧洲。而它来自一个三十一年前已经解散的乐队。

随后，我说了这辈子一直想说的一句话："女士们先生们，让我们欢迎披头士乐队！"

杰西保持礼貌，静静地看着电影，在电影快结束时他简单地说了句："真可怕。"他继续说："约翰·列侬是这群人里演得最烂的。"（此时他非常传神地模仿了一下列侬的样子。）"真是个教人尴尬的家伙。"

我无言以对。这音乐、电影、画面、风格……然而，最重要的是，这是他妈的披头士啊！

"请再给我点时间，好吗？"我说。我在我收藏的披头士乐队CD中翻来翻去，最后在《橡胶灵魂》这张专辑上找到了《仅是因为爱》这首歌。我为他播放了这一首（我竖起手指以吸引他的注意力，以免他错过哪怕千分之一秒）。

"准备好，准备好，"我狂喜地喊道，"最精彩的部分要来了！你听那个声音，简直就像带刺的铁丝网！"

我用盖过音乐的声音大叫："这难道不是摇滚史上最好的声音吗？"

歌声结束，我重新坐回座位上。我凝神屏息了一会儿，然后恢复了常态（这八小节桥段①依然让我情难自禁），然后说道："你觉得怎么样？"

"他们的嗓音挺好。"

---

① 八小节桥段（middle eight/bridge），指常见音乐结构"AABA"中占八小节的B段，其歌词及旋律与前后部分有明显不同。

嗓音挺好？

“难道你没有其他感想了吗？”我大喊道。

他用那双遗传自母亲的眼睛小心翼翼地打量着我，说：“你要我说实话？”

“说实话。”

“没了。”他顿了顿，“我感觉不出什么。”他安抚似的用手拍拍我的肩膀，“很抱歉，老爸。”

他嘴角是不是隐隐挂着一丝愉悦？我是否已经变成了一个夸夸其谈的老傻瓜？

第三章

一天下午，将近六点，杰西仍然没有出现。我走下楼梯，敲了敲他的房门。

“杰西，”我说，“我可以进来吗？”

他拥着毯子侧身而卧，面向墙壁。我打开床头灯，轻手轻脚地坐在他床边。

“我给你带了些吃的。”我说。

他翻过身。“我吃不下去，老爸，真的。”

我拿出一个羊角包。“既然这样，那我只好一个人吃了。”

他渴望地看着袋子。

“所以，”我说(同时津津有味地吃着面包)，“你这是怎么了？”

“没什么。”他说。

“和丽贝卡有关吗？”我说。

他突然坐了起来，浓密的头发根根直竖，像遭了雷击。“她有了一次高潮。”他低声说。我不禁吓了一跳。我可没想到会与十六岁的儿子发生这种交谈，至少不会详细到这种地步，否则他交的那帮朋友是干什么用的。不过我也看出，讲过这些话后，他就像浮出水面见到光明一样，已经将身体内的毒素排了出来。

我将一大口面包囫囵吞下，以掩饰我的不自在。

“但你知道她随后说了些什么吗？”他说。

“不，我不知道。”

“她说：‘我真的喜欢你，杰西，但我拥抱你的时候，就像在拥抱一位朋友。’”

“她这样说？”

“一点不假，我发誓，爸爸。就好像我是她的女性朋友或同性恋友人之类的。”

沉默半晌，我说：“你知道我怎么想？”

“怎么想？”他像是在等待判决的罪人。

我说：“我认为她是一个制造麻烦的小婊子，她喜欢折磨你。”

“真的？”

“真的。”

他又躺了下去，好像重新经历了一遍当时的可怕场景。

“听着，”我说，“我待会儿要出去。我有些事情要做，而你又会开始想这件事……”

“也许吧。”

我斟酌着字句，小心翼翼地说：“我并不想和你讲不合适的话——我们不是哥们，我们是父子——不过，我想告诉你的是，和对她们没有肉体吸引力的男人做爱，女人是不会有高潮的。”

“你确定？”

“确定。”我断然说。

（真是那样吗？我也想知道。没关系。这不是今天该追究的问题。）

我带杰西到坎伯兰电影院看本·金斯利[①]主演的《性感野兽》（2002）。我知道他并没有看进去，他只是坐在黑暗中，想着丽贝卡·吴以及“拥抱一位朋友”那些事。在回家路上，我说：“今天你找到机会跟朋友聊那些压在你心头的事情了吗？”

他没有看我。“那当然。”他说。但听起来却像在说少管闲事。在一种奇怪的令人不舒服的沉默中，我们走完了通向地铁站的剩余路程。我们以前聊天从来不觉得别扭，但现在，我们之间似乎找不到话说了。也许，就算年纪轻轻，他也直觉地知道我的话无法让事态有任何改变。只有丽贝卡做得到。但他似乎忘记了自己的神经系统是如何运转的，忘记了将事情说出来会令他释放，多少能让他从悲伤中走出来。他在我面前封闭了自己。而奇怪的是，我并不愿闯进我未被邀请进入的房间。他正在长大。

当你伤心时，天气总是很可怕。下雨的早晨，午后单调的蓝天。门前有只松鼠被汽车碾了，你进进出出屋子时，总会不自觉地看几眼那血淋淋的皮毛。在和他母亲玛姬以及我妻子蒂娜共进家庭晚餐时，他怀着一种客气的、有点机械的热情拨弄着他最喜

① 本·金斯利（Ben Kingsley，1943－ ），英国演员。

欢吃的牛排和土豆泥。他看起来苍白无力，像一个生病的小孩子，还喝了太多酒。事实上量并不是太多。问题在于喝酒的方式，他喝得太快，像在求醉，一副老酒鬼的模样。我想，我们得多留意这件事。

隔着桌子看着他，我发觉自己的脑海中断断续续地浮现起种种令人不快的画面。我仿佛看到他成了一个在雨夜开车绕城转的出租车司机，车里散发出一股大麻的臭味，旁边的座位上是一份折叠起来的小报。我竟然跟他说他可以随心所欲做任何事情，忘掉房租，整天睡大觉。我是多么酷的一位老爸啊！

如果没有任何转机，怎么办？如果我这是把他丢进了一口没有出口的井里，最终他只能换了一个又一个烂工作和烂老板还挣不到钱、每日只顾狂喝滥饮，要是我为这一切创造了可能，我又该怎么办？

夜深了，我发现他一个人待在门廊上。“你知道，”我坐到他身边的藤椅上，说，“你做的这件事，也就是辍学，是一条艰难的道路——你应该清楚。”

“我知道。”他说。

我继续说下去：“我只是想确定，你清楚你在做什么，知道一个人上学只上到十年级会有什么后果。”

“我知道，”他说，“不过，我想，我不管怎样都会有一个美好的人生。”

“你这么想？”

“是的。难道你不是吗？”

“我不是什么？”

“认为我会有美好的人生。”

我凝视着他，他瘦削的脸看上去没有防备、容易受伤害。我想我情愿杀了自己，也不愿再给他心里增添烦忧。

“我认为你会有一个了不起的人生，”我说，“说实在的，我深信不疑。”

这是一个春天的下午。五点左右，杰西摇摇晃晃地上了楼。我想要说些什么，却没有开口。我们的协议就是这么规定的。我晚些时候也有个约会，要和某人喝酒，谈一份杂志相关的工作（我的荷包又要出血了），不过我决定还是先给杰西放一部电影再出门。我放起了《巨人传》(1956)，詹姆斯·迪恩[①]在其中扮演一位年轻的牛仔。当片头字幕在大牧场上方滚动时，杰西津津有味地咬着羊角包，用鼻子大声呼吸，这有点惹火了我。

“那是谁？”他一边说，一边起劲地咬着面包。

“詹姆斯·迪恩。”

他停顿了一下。“这家伙挺酷。”

我们看到了罗克·赫德森[②]试图说服狐狸一般的迪恩卖掉他刚刚继承的一小块土地的场景。房间里还有另外三四个人，都是商人，穿着白衬衫打着领带，全都在谋划着同一件事，希望这个小阿飞卖掉他的土地。（他们怀疑那附近有石油。）赫德森给了他

① 詹姆斯·迪恩（James Dean，1931－1955），美国演员。

② 罗克·赫德森（Rock Hudson，1925－1985），美国演员。

一叠钱。不卖，牛仔说，他很抱歉，但他喜欢拥有一小块自己的土地。虽然不大，但完完全全属于自己。

告辞的时候，他在门边站住，拨弄着一条长绳，像在耍一个牛仔的把戏似的。

“现在注意看这场戏，”我说，“看看他是怎么离开房间的，手上在做些什么：像是在从桌上拂掉雪花似的。就像在对那些生意人说：‘滚你妈的。’”

这就属于电影里那种极其怪异和出人意料的场景，第一次看的时候，你会难以相信自己的眼睛。

“哇！”杰西坐了起来，“我们可以再看一遍吗？”（换作是契诃夫的作品，表现出敬畏是合适的，但对詹姆斯·迪恩，“哇！”显然是最恰当的反应。）

几分钟后，我必须出门了。走到门口，我说：“你应该把剩下的部分看完——你会喜欢的。”我一厢情愿地认为他一定会看完的。但当我深夜回到家时（花了十一块加币搭出租车，却还是没得到那份杂志的工作），我发现他正坐在厨房的饭桌边吃意大利面，嘴巴还张得大大的。我三番五次告诫过他别那样吃。让我生气的是他母亲居然对此撒手不管。你不能放任小孩在饭桌上养成坏习惯。我说：“杰西，嚼东西的时候，请闭上嘴。”

“对不起。”

“我已经跟你说过了。”

“我只有在家里才这样。”他说。我应该就此打住，但我做不到。“你要是在家里这样，那么，到了外边就会忘记不能这样。”

“好吧。”他说。

我说：“那么，你有什么看法？”

“什么？”

“你认为《巨人传》怎么样？”

“哦，我没看完。”

过了半晌，我说：“你知道，杰西，最近你几乎什么都没干。你实在应该把《巨人传》这样的电影坚持看完。这是你在接受的唯一的教育了。”

我们都没有说话，而我想给自己找个台阶下，走出自己刚刚自以为是的态度造成的困境。“你知道丹尼斯·霍珀[①]是谁吗？”

“《现代启示录》中的那家伙。”

“我曾经采访过他。我问他最中意的演员是谁。我原以为他会说马龙·白兰度，人人都会说马龙·白兰度。不过他没有。他说是詹姆斯·迪恩。你知道他还说了什么吗？他说他一生中看过最棒的一场戏，就是我们刚才看到的詹姆斯·迪恩玩绳子的场景。”

“你在开玩笑。”

“我是认真的。”过了一会儿，我说，“你知道詹姆斯·迪恩的故事，对吧？他拍了三部电影以后，在一次车祸中身亡了。”

“他当时多大？”

“二十出头。

---

① 丹尼斯·霍珀（Dennis Hopper，1936－2010），美国演员、导演。

“他当时喝醉了？”

“没有，他只是把车开得太快了。《巨人传》是他出演的最后一部电影。他自己却没能看到。”

他想了想。“你心目中最伟大的演员是谁，老爸？”

“白兰度，”我说，“特别是他在《码头风云》中的那场戏。白兰度拿起那个姑娘的手套戴在自己手上，完全是他的即兴发挥。好得恰如其分。我们应该再看一遍这个场景。”我接着说了——或者应该说是重复了——大学时老师对我说过的话：“你第二遍看到的东西才是真正的第一次看到。”你需要先知道结果，才能从头欣赏它完美的结构。

他不知道该怎样回答——他还处于因《巨人传》而不爽的状态中——于是说：“当然。”

我挑选电影独断独行，全凭己意，没有特定的次序。最主要的考虑是它们必须都是好片，是经典作品就更好了，但同时必须吸引人，最好还有很强的故事情节，能将杰西从他自己的思绪中拉出来。因此我不会，至少现在不会，给他放诸如费里尼的《八部半》（1963）这样的电影。这样的电影我会在适当的时候再放给他看。（或者干脆不放。）我不打算放那些他看了无动于衷、感受不到乐趣的电影。你必须从某些电影开始。如果想激发一个人对文学的兴趣，不能一开始就给他来个《尤利西斯》——不过老实说，就算一辈子不看《尤利西斯》，我也不觉得有什么问题。

第二天，我挑的片子是阿尔弗雷德·希区柯克的《美人计》

(1946)。照我看，这是希区柯克最好的一部电影。英格丽·褒曼[①]在这部片子里是极端美和极端脆弱的完美结合。她扮演一名德国间谍的女儿，被“租借”给了南美的纳粹分子。加里·格兰特[②]扮演她的美国上司，他爱上了她，甚至在让她嫁给纳粹头目的同时也依然爱她。他的辛酸苦涩，以及她期待他会取消计划并娶她的渺小希望，赋予了故事惊人的浪漫张力。但它主要还是一部经典的悬疑电影。那些纳粹会不会发现褒曼的真正使命？格兰特能否及时赶到救出她？电影的最后五分钟会让你紧张得喘不过气来。

我先简要地介绍了希区柯克，杰西则像往常一样坐在沙发的左手边，手上端着一杯咖啡。我说，希区柯克是一位英国导演，对自己电影中的一些金发女演员多少有点不健康的迷恋（我希望能借此吸引他的注意力）。接着我说他拍出了半打杰作，又不必要地补充说，任何不同意这一点的人很可能并不是真正地喜欢电影。我叫他留意片中的几点信息。反派在里约热内卢的房子里的楼梯，它有多长？从那上面走下来需要多长时间？但没有告诉他原因。

我还叫他留意聆听那优雅的、有时也暗含弦外之音的对白，并且记住这部电影拍摄于一九四六年。我叫他注意一个非常著名的镜头，镜头开始于一个舞厅的上方，然后慢慢地落到一群参加派对的人中间，最后拍到英格丽·褒曼紧紧握住的手。她抓住的

---

① 英格丽·褒曼（Ingrid Bergman，1915－1982），瑞典女演员。

② 加里·格兰特（Cary Grant，1904－1986），美国演员。

是什么？（酒窖的钥匙，纳粹的罪证就隐藏在那里的酒瓶的底部。）

我接着说，一些著名的影评人认为加里·格兰特可能是史上最棒的电影演员，因为他可以“同时表现出善良和邪恶的特征”。

“你知道‘同时’的意思吗？”我说。

“知道，知道。”

我给他看了宝琳·凯尔[①]在《纽约客》上发表的一篇关于格兰特的文章。“他或许不能扮演太多角色，”凯尔写道，“但他可以做到的事，没有人能比他做得更好，而且由于他身上有种富有教养、没有侵略性的特点，又能睿智地接受自己的愚蠢，我们可以在他身上看到理想化的自己。”

接着我做了那件我期盼所有高中老师都经常做的事。我闭上了嘴，开始放电影。

一群建筑工人在街对面的教堂上工作（他们正在把它改建成一座豪华的多层公寓），这时我们听到了如下对白：

> 英格丽·褒曼（亲吻格兰特）：这真是段奇怪的风流韵事。
>
> 格兰特：为什么？
>
> 褒曼：也许原因在于你并不爱我。
>
> 格兰特：若我不再爱你了，我会让你知道的。

杰西几次转头看着我，面露笑容，点头表示他对我的话心领

① 宝琳·凯尔（Pauline Kael，1919－2001），美国著名影评人。

神会。之后，我们来到门廊上。他要了一支烟。我们看了一会儿对面大街上的建筑工人。

“好吧，你觉得这电影怎么样？”我不假思索地问他。

“不错。”他吐了一口烟，又吐了一口。街道对面传来锤子乒乒乓乓的声音。

“你有没有碰巧注意到屋子里的楼梯？”

“注意到了。”

“那你有没有注意到电影结尾处的这段楼梯？当加里·格兰特和褒曼想要离开屋子，但我们不清楚他们是否能离开的时候？”

他一副被抓了现形的样子。“不，我没注意到。”

“这段楼梯变长了一些，”我说，“希区柯克为了这个最后的场景新搭了一段楼梯。你知道他为什么这样做吗？”

“为什么？”

“因为这样做的话，他们需要更长的时间才能走下来。你知道他这样做的目的是什么吗？”

“加强电影的悬疑效果？”

“现在你能猜到希区柯克擅长的是什么了吗？”

“悬疑？”

我知道在这儿打住就好了。我想，今天你教了他一些东西，千万别又马上毁掉他的好奇心。我说：“今天就是这些了，下课。”

然后，我在他的脸上看到的……是感激吗？我站了起来，准备往里走。“不过，有一件事我想问你，老爸，”他说，“那个镜头，也就是派对上英格丽·褒曼手中抓着钥匙的场景，真的有那么出名吗？”

“每个上电影学院的人都要研究它。”我说。

“那个镜头不错，”他说，“不过老实说，它并没有让我觉得有多特别。”

“是吗？”我说。

“你呢？”

我想了一想。“我也是。”我说，然后走进了屋里。

第四章

杰西有了一位新女友，芳名克莱尔·布林克曼。她满脸雀斑，是个乐观的女孩，很有魅力。她尊敬父母，喜欢上学，是古典音乐俱乐部的会长，参加过业余戏剧表演，玩曲棍球，会穿着直排溜冰鞋全城乱转。而我担心的是，如果她不能搞得杰西痛苦万分，她可能会辜负杰西的想象。另外，你根本比不过一个幽灵，而丽贝卡的幽灵每晚都像捣蛋鬼一样在我们家盘旋。

那年六月，我们三个人，玛姬、杰西和我，去了一趟古巴。一对已经离婚的夫妇带着他们心爱的儿子去度假。作为唯一一个有固定工作的人，我的妻子住到了玛姬那儿。对于外人或她那些偶尔有点苛刻的朋友而言，我们这次家庭旅行一定颇为奇怪，但蒂娜理解，因为她清楚玛姬和我老早以前就不上床了。尽管如此，考虑到她住在我前妻的房子里，我们仨却去了加勒比海这个事实——生活有时显得何其不合常理。

这趟旅行是最后一分钟才定下的。当时我不再去想那个幽灵的事，正在那个早晨无力地踢着家具，对蒂娜倾诉找不到工作的烦闷（我在纪录片频道的工作已经像死鱼一样翻着肚子了），正好电话答录机上响起一条留言。打来电话的人名叫德里克 · H，此人肥胖、红脸蛋，是个擅于消极抵抗的南非人。他正在制作一部时长一小时的纪录片，这么说吧，是关于伟哥的，他想知道我对此是否有兴趣。报酬为一万五千美元，要去费城和纽约，并在曼谷工作几周。按照德里克的说法，在曼谷，老男人服了伟哥后真的能“如狼似虎干到死”。

我们“开了一次会”，我见到了剧组人员，预订了曼谷市一家河边的旅馆，并讨论了拍摄时间表。七月上旬开始。大家一通握手。那夜，我从会场走出来，兴奋难抑，醉得几乎要跪地爬行，冒出了和杰西还有他母亲去古巴的想法。

去古巴的那一天，克莱尔 · 布林克曼穿着溜冰鞋前来送别。轿车快来接我们的时候她才到。她哭得红肿的眼睛让我担心。

我们住在老哈瓦那中央公园酒店的两间豪华房间里。屋顶有游泳池，壁橱里挂着宽大的晨袍，每天早上都有罗马盛宴般的自助餐。酒店的花费让玛姬紧张兮兮——她是一位出身牧场的姑娘，长途通话超过一分钟她的心都会怦怦直跳——不过我一再说无所谓。况且，我们还能再和儿子旅行几回？他愿意和父母一块儿出游的时间还能有多长？

我们到古巴的第三天夜里发生了一件事。那天我带杰西去参观了革命博物馆，看了卡斯特罗和他的八十二位战友潜回古巴闹革命时所坐的船，还有一张切·格瓦拉的遗照。我们在一座可俯瞰普拉多大道的私家阳台上吃了顿晚餐，三个人都喝得醉醺醺的。我们踉踉跄跄地沿着主教大街去找一杯睡前莫吉托[①]。我们的模样就像一支乐队在一间四四方方、满是飞蝇的房间里摇摆、嘶吼。由于天气酷热，加上豪饮，我的眼睛很快就几乎睁不开了，我们就这样回了酒店。时间已近凌晨三点。玛姬回了她的房间。我和杰西看了一会儿电视，然后就到了该睡觉的时候了。

“我可以关掉声音，让电视一直开着吗？”他问。

“你为什么不看看书呢？”我说。

我们关了灯。我感觉他躺在那儿，睡不着，烦躁不安。最后，我开了灯。“杰西！”

他说他无法入眠。他太兴奋了。他问他可不可以出去抽支烟，就在那边，街对面公园边的长凳上。“你在这里就可以看到我，老爸。”最后我同意了。

他迅速穿好衣服，匆匆走了出去。我在床上躺了一会儿，关了灯，随后又开了灯。我起身走到窗边，将窗户打开。空调停了。房间一片岑寂。突然间，一切都可以听得一清二楚，蝉鸣、用西班牙语聊天的声音，还有小汽车缓慢行驶而过的声音。一辆客房服务用的手推车从房间外面的走廊上经过，杯盘碰撞发出咔咔咔的声音。

我站在窗口，望向黑暗的公园一角。人影在黑暗中晃动。妓

① 一种鸡尾酒。

女们缓慢地走过街头，在路边的雕像旁抽起了烟。更远处是革命博物馆的圆屋顶。

杰西出现在我的视线中，他走在下面的人行道上，穿着宽松下垂的短裤，反戴着棒球帽。他点起一根烟，像在演电影一样，这里看看那里瞧瞧（我看到他脸上出现了那种照镜子专用的表情），跟着走到街对面，朝公园的长凳走去。我刚想对他喊要小心，一个穿黄色衬衫的深肤色男人就从黑暗中闪了出来。他笔直地朝杰西走去，伸着一只手。我等着看杰西是否会和他握手。他果然和那人握了手。上当了。另外两个古巴人突然出现，微笑着朝杰西点点头，和他靠得很近，并且指着街道。令人难以置信的事发生了（我几乎不敢相信我的眼睛），他们从两侧夹着杰西，斜斜地穿过了公园。

我穿上衣服，乘电梯下到大厅。这是一个天花板很高的宽大房间，大理石地板，冷得像溜冰场，放着背景音乐，几个穿着灰色制服的保安拿着手提无线电站在大门边。他们向我敬了个礼，赶紧打开门。外面的热空气扑面而来。

我穿过街道，快步走向公园。一个妓女看到了我。她像一缕烟般从公园的长凳上冒了起来，向我走来。我说，不用，谢谢。我穿过公园，四处环视，寻找杰西。他一定是被刚认识的伙伴带去了某条小街小巷。但是是哪一条呢？

我走向公园的东边，那里靠近出租车站和三轮车站，这时我才注意到，顺着公园的自然植被绿化带，是通向城里大剧院的街道。街道的终点有一盏明亮的灯。我沿着这条街走，来到一个露天的酒吧。这个地方空荡荡的，除了杰西在喝啤酒之外，只有那三个骗子在同一张桌子边紧靠着他坐着。他脸上有一丝焦急的神色，仿佛已经感觉到事情不太对劲。我走了过去。“我能跟你说几句吗？”

穿黄色衬衫的骗子说：“你是他爸？”

“是的。”

我对杰西说：“我得和你说几句。”

“好啊，说吧。”他说，别扭地匆匆起身。黄衬衫跟着他来到街道上，在旁边徘徊，试图听我们说话。我说：“这些家伙不是你的朋友。”

“我只是来喝瓶啤酒而已。”

我说：“最后你要付的会远远超过一瓶啤酒的钱。你给这些家伙点了东西没？”

“还没有。”

老板走出了酒吧，他是个矮胖的家伙，神色非常镇静，对此刻发生的事丝毫不感到惊讶。他走到杰西身边，拉住他的衣袖。

我说：“你干什么？”

这家伙没有搭理我。他只是拉住杰西的衬衫朝酒吧走。我感觉到自己的心脏异常剧烈地跳动着。我们着了道。我们着了道。

我用西班牙语对他说：“他欠你多少钱？”

此时他已将杰西拉回了酒吧。他说：“十美元。”

我说：“一瓶啤酒就要这个价钱，贵得太离谱了。”

“就是这个价。”

“给你，”我说，往桌上丢下一张五美元的钞票，“我们走。”

但老板说：“他叫了一杯朗姆酒。我已经做好了。”

我说：“你的意思是说你已经倒好了？”

“一回事。”

我对杰西说：“你碰过那酒？”

杰西摇摇头，现在开始害怕了。

我说：“跟我来。”我们开始朝街上后退。骗子们跟着我们出了酒吧。其中一人跟了过来，站在我们面前。他说：“他叫了酒。现在他必须付钱。”

我试图越过他，但他还是堵在我们面前。

我说：“我要叫警察了。”

骗子说：“叫吧，没问题。”不过他还是退了回去。

我们继续往前走，骗子在我们身边上蹿下跳，拉我的衣袖，他的伙伴紧随其后，我对杰西说：“别管发生什么事，继续往前走。”我们穿过公园，几乎要跑起来，杰西紧紧地靠着我。随后，一望见酒店的大门，我就对他说：“快跑。”

我们跑到街的对面，到了酒店门前，穿过供晚间出入的门进了酒店。然而他们也跟了进来，一直来到酒店的大厅。我一边走一边对穿黄衬衫的家伙说：“你他妈的最好给我滚出这儿。”但他一点也不害怕。电梯门开了，他试图跟着我和杰西一起挤进去，他的同伙则在大厅里徘徊。

两个保安不知从哪里冒了出来，讲了几句西班牙语。门关上了。我们上到三楼，杰西没说话。他向我投来忧虑的一瞥，看着镜中的自己，又露出了那种表情。他一定以为我对他大为光火，理论上讲，的确如此，但他不知道的是，我体验到了一种快意。这听上去很老套——我刚刚是飞身上马，赶去救他了。好好地扶持了他、保护了他，恪尽职守。事实上，我对事态的发展暗自高兴。过了某个年龄以后，你就没机会再为自己的孩子做那么多了，你的精力已经被榨取殆尽，没有能力再应付这些事了。我们都紧张亢奋得睡不着，也看不进去电视。老实说，我很想喝一杯酒。“也许我们该走走，看能否买杯啤酒。”我说。

我们在房间里等了十到十五分钟，然后向酒店门外窥看。没有黄衬衫的踪影。我们沿着公园的边上匆匆走过，穿过购物中心，来到主教大街，随后拐进狭窄的街道，往海边走去。古老的城市笼罩在一片静谧的热气中。“海明威以前常来这儿喝酒。”路过黑暗的小佛罗里达酒吧时，我对他说，“现在这儿变成了一个旅游陷阱，啤酒要十美元一瓶，但在五十年代，它可以说是城里最好的一家酒吧。”

我们经过许多已经关门的咖啡馆，几个小时前，这一带还洋溢着活力，到处可以听到随意拨响的吉他声，还可以看到弥漫的雪茄烟雾。我们经过一家老式药店，它由深色的木头搭建，一排排陶罐靠着后墙垒着。没过多久，我们就走到了街尾海明威曾住过的旅馆的门口，那家旅馆叫“两个世界”。“他最烂的那些作品都是在这里的五楼写的。”我说。

“他的书值得读吗？”杰西问。

“你他妈刚刚到底在想些什么啊，杰西？”我说，“就这么跟着骗子走了？”

他没有回答。我可以想象他的思绪正在脑海中左冲右突，奋力搜索正确的回答方式。

“跟我说说吧。”我温柔地说。

“我以为我在探险。在异国的城市抽烟和喝酒。你明白吗？”

“你不觉得事情不太正常吗，那些家伙为什么要半夜三点出来交朋友？”

“我不想伤害他们的感情。”他说。我想，他还是太年轻。哪怕他人高马大、能说会道，那都是幌子。

“那些家伙就习惯让人产生负疚感。他们整天做这种事。这是他们的工作。”

我们沿着街道走了一段长长的路。头顶是黄色街灯，阳台俯瞰着我们，衣物静静地悬挂着，像人一样若有所待。“如果你打算读海明威，”我说，“就读《太阳照常升起》吧。他的一些短篇小说也可以读一读。别的东西就写得有些古怪了。”我向四周望了望，可以闻到腐朽的砖石建筑物散发的臭味，听到海水冲击港口大街另一端海堤的声音。不过我们没能找到酒吧。“人们说在哈瓦那，你可以在任何时间得到任何东西，”我说，“但事实显然不是这样。”

在“两个世界”旅馆里，一个夜班职员正和一位漂亮姑娘交谈。

我们沿着一条狭窄的鹅卵石街道向东走，外墙粉彩剥落的公寓楼出现在路两旁，茂密的藤蔓拖曳下来。天上没有星星，只有一轮明亮的满月悬挂在空中。夜色正浓。我们来到一个广场，一座暗褐色的教堂蹲踞了一端，一家亮着灯的咖啡馆出现在另一端，三四张桌子摆在靠近广场中央的地方。我们坐了下来。一位穿着白色外套的侍者从灯火通明的室内走了出来。

“两位？”

“请给我们来两瓶啤酒。”[①]

两瓶啤酒被端了出来，凌晨四点，我们总算喝上了冰啤酒。

“我对刚在酒店发生的事感到抱歉。”杰西说。

“在这个世界上，有两条不能违反的原则。”我说，突然间变得话多起来——我很高兴我们遇到了这样的时机。“一，你永远不可能从混蛋手中得到任何有价值的东西。二，当一个陌生人张开手向你走来时，并不代表他想成为你的朋友。你听见我说的了吗？”

仿佛有个口渴的精灵加入了我们，不一会儿几瓶啤酒就见了底。“也许我们可以再来一轮？”我说。我举起两根手指向侍者示意，在雾色中画了几圈。他走了过来。

“你们是怎么让酒这么冰的？”我开心地问。

“什么？”[②]

“算了，小事情[③]。”

一只鸟儿在附近的树上啁啾。

“今天的第一声鸟叫。”我说，转头看着杰西，“你和克莱尔·布

---

① 这两句话原文为西班牙语。

② 这句话原文为西班牙语。

③ 这句话原文为西班牙语。

林克曼相处得还好吧？”他向前坐，脸色不快。“这其实不关我事，”我温和地说，“我只不过是随便聊聊。”

“为什么这么问？”

“我们出发的时候，她看上去心烦意乱，就因为这个。”

他挑衅性地喝了一大口啤酒。一瞬间，我仿佛从那个架势中看到了他和朋友们喝酒时的样子。“我能不能坦白跟你说，老爸？”

“只要合情合理，别说什么恶心人的东西。”

“克莱尔有点古怪。”一种冷酷的、不那么友善的神情浮现在他的脸上，就像新房子里进了老鼠。

“你应该对克莱尔温柔一点。她一直过得不容易。”她的父亲是一位雕刻家，我高中时就认识，几年前用晾衣绳上吊自杀了。他是个该狠狠挨两脚踢的醉鬼、臭狗屎、混蛋。他就是那种一死了之、完全不顾虑自己孩子的家伙。

“我知道那件事。”杰西说。

“那就对人家温柔点。”

另一只鸟被惊动，飞到了教堂后面。

“我只是没那么喜欢她。我本该多喜欢她一点的，但是我做不到。”

“你是不是感到内疚，杰西？你看起来就像刚偷了你奶奶的项链。”

“不是。”

“如果你只是因为感到自己没那么爱她，就对她生气，那是不公平的。尽管我理解这种心情。”

“你也体会过？”

“这种感觉就是失望。”

我以为谈话到这里为止了，可就在这时，我感觉到他的身上伸出了一条细细的线，需要我大力牵拉，才能把剩余的部分——不管它是什么——全部拉出来。沉默似乎起到了这种作用。

天空变成了一片深邃、浓郁的蓝，一抹红条浮现于地平线上。世界是如斯之美。但也让人不禁思考：这景象究竟是上帝的功劳，抑或仅仅是几千几万年的绝对随机的结果？或许这只是所有在凌晨四点觉得心里快活的人都会忍不住思考的问题？

我把侍者叫了过来。“你们这儿有雪茄吗？”

“有的，先生。”[①] 他的声音在空荡荡的广场上回响。他从柜台的罐子里取出两根拿了过来。每根十美元。不过在这样的凌晨，除了这里，你还能在别的地方买到雪茄吗？

“我一直和另一个女孩有联系。”杰西说。

“哦。”我咬掉尾端，把雪茄递给他，“谁？”

他说了一个我不知道的名字。我感觉，他似乎鬼鬼祟祟的，并未说实话。

“只打过两三次电话而已。”他说。

“嗯。”

我吐出一口烟，再吐出一口。他将脸转了过去。“我还太年轻，不可能死守着一个人，你不这样认为吗？”

---

① 原文为西班牙语。

“其实这并不是问题的关键，对吗？”

过了一会儿，我们听到一阵柔和的弦乐声。一个年轻男子在教堂的台阶上坐着，俯身弹着吉他，缓缓地用手指拨着琴弦。在这蓝色的晨光下，他让我想起了毕加索的一幅画作。

“你相信吗？”杰西说，“你是否看过这么……”他搜索着合适的词，“……这么完美的东西？”

我们沉默地吸着雪茄，吉他的和弦在温柔的夏日空气中响起。

“老爸？”他突然说。

“嗯。”

“我是在跟丽贝卡打电话。”

“明白了。”我停止说话，吐出一口烟，咂咂嘴，“不是给你刚才提到的那人打。”

“我不想让你认为我是个失败者，觉得我沉迷于丽贝卡·吴。”

天空柔和地变成淡蓝。月亮消失了。吉他声不紧不慢。“我沉迷于丽贝卡吗？”他问。

“迷恋一个女人没有错，杰西。”

“你以前曾经迷恋过谁吗？”

“拜托，”我说，“别把话题转到我这里来。”

“我没有告诉我妈。如果我告诉她，她就会哭，然后开始大谈克莱尔的感受。你感到惊讶吗？”

“关于丽贝卡的事？不。我一直认为你还有下一幕。”

“你是这样想的吗？我这样对吗？”这个念头让他很兴奋，而我则感到一阵可怕的痉挛，如同我正看着他驾驶一辆慢慢加速的汽车撞向一堵水泥墙。

“我可不可以再跟你说件事？”

“当然。”

“血淋淋开始的爱情也会血淋淋地终结。”

侍者走了过来，从我们旁边的桌子撤走几张椅子，把它们搬进了咖啡馆。

“天哪，老爸。”

第五章

从古巴回来，我有点诧异地发现我并没有收到德里克的电话留言。那部关于伟哥的纪录片本应在一个月后开拍，而我们的剧本还没有定稿。我等了一天，又再等了一天，然后给他发了一封语气轻快的邮件，但我讨厌那种假装哥们儿的虚伪调调。他几乎立刻就回复了我。他被委托拍摄一部两小时长的关于纳尔逊·曼德拉的纪录片：他可以对曼德拉本人、他的前妻，甚至是他在狱中的密友进行全面的采访。他说这项拍摄要考虑到时间因素——毕竟曼德拉已经八十六岁了，我一定能理解这一点。德里克最后说，他非常抱歉，但是“时间所剩无多”。

我大为震惊。更别说经过古巴“庆祝”之旅，我显然已经破产了。与此同时，我觉得这是我的报应。被骗来搞一件无聊而低俗的事情，活脱脱像个傻瓜。我记起我在教堂广场对杰西说过的充满传教士热忱的话：“你永远不可能从混蛋手中得到任何有价值的东西。”

我在起居室里不停跺脚，紧握拳头，发誓要报仇。杰西静静地听着，他因为内疚而呆住了，我想。我喝醉酒上了床，凌晨四点醒了，起来撒尿。就在我对着马桶急泻的时候，我的手表从手腕上脱落，打着圈滑下了斜槽。我坐在马桶上，泪水静静地掉了下来。是我让杰西辍学，是我承诺要照顾他，然而现在看来，我甚至无法照顾好我自己。我就是臭狗屎，和克莱尔·布林克曼的父亲没什么两样。到了早上，我感觉到一股恐惧像毒药一样在胸口扩散。我的心跳加速，仿佛有条带子在慢慢地将我捆紧，到最后，我甚至无法动弹。我只想做一些事情，想走动走动，于是我骑上自行车，驶向闹市区。这是一个燠热无比的夏日，到处都是讨厌的人。我骑着自行车沿着一条狭窄的小巷穿行，留意到一个骑自行车的快递员朝我这边骑来。那人戴着太阳镜，肩膀上挎着一个大包，戴着露指手套。然而最让我感兴趣的，莫过于他的年纪看起来和我一般大。“冒昧问一下，”我说，“你是快递员，对吧？”

“是的。”

我问他能否回答我几个问题。比如他挣多少钱？一天约赚一百二十加币。一天？是的，如果他够卖力的话。我问他是在哪家公司上班，他说了个公司的名字。他是个随和的人，有一口洁白无瑕的牙齿。

“你觉得我可以在你们公司找到一份工作吗？”我问。

他将太阳镜推高，用清澈的蓝眼睛打量我。“你不是电视台的那个家伙吗？”

“现在不做了。”

他说：“我以前一直看你的节目。我看过你采访迈克尔·摩尔[①]，那家伙可真是一个刺头啊。”

我说：“你认为刚才我说的有戏吗？”

他望向小巷深处，皱了皱眉头，说：“我们有年龄限制。只招五十岁以下的。”

我说：“你没到五十岁吗？”

“到了，但我在那儿工作很长时间了。”

我说：“你能否帮我一个忙？你可不可以代我跟你老板说说？告诉他我不是去瞎混的——我至少会做六个月，我的身体条件很好。”

他犹豫不决。“去说这样的事情挺奇怪的。”

我在纸条上写下我的名字和电话号码，递给他。

“我会非常感谢你的。”我说。

一天过去了，然后几天过去了，毫无音信。我一直没得到他的回音。

“你能相信吗？”我对蒂娜说，“我甚至连骑自行车送快递这样的工作都找不到。”

接下来的那天早上，在早餐的沉默气氛中，我从椅子上站起来，和衣倒在床上。我用被子盖着头，想继续睡觉。过了一会儿，我感觉身边有动静，如同有只小鸟落在了床上。

① 迈克尔·摩尔（Michael Moore，1954－ ），美国导演。

“我可以帮你，”蒂娜说，“但你得听我的，不能和我吵架。”

一小时后，她给了我一份写了二十个名字的单子。有报纸编辑、有线电视制作人、公共关系人士、演讲稿撰写人，甚至还有我们勉强算认识的一位本地政界人士。她说：“你必须给这些人打电话，告诉他们你在找工作。”

“我已经这么做过了。”

“不，你没有。你只是去看望了老友。”

我看着单子上的第一个名字。“不是这个蠢货吧？我不可能给他打电话！”

她对我“嘘”了一声。“你说过不会为这个和我吵的。”

所以我没和她争吵。我让自己休息了一天，然后坐在厨房桌子前开始打电话。令我惊讶的是，她说得没错，大多数人都表现得很亲切。他们目前没有适合我的工作，但他们还是友好地鼓励了我。

在对未来充满了乐观想法的那一刻（打电话总好过干等着），我对杰西说：“这是我的问题，不是你的。”但他不是笨人或寄生虫，我能够感觉到他在目前的“形势”下小心翼翼，能够感觉到他为这事要十加币为那事要十加币的时候，会露出畏畏缩缩的神情。然而他能做什么？他身无分文。他的妈妈努力帮我排忧解难，但她只是一个演员，而且是舞台剧演员。当然更不能让蒂娜拿出（她从十六岁起开始存的）积蓄来养我儿子。因为我过于自信的鼓励，他已经成了一个盲目乐观、无拘无束的人。那段时间每到深夜（这种时候无论想什么都不会有好结果的），我总是会想，要是我的运气不能在短时间内变好，真不知道还会遇到多少难关。而因为钱的原因，家里的气氛又会变得多糟。

电影俱乐部又开始了。为了吸引杰西看更多的电影，但又不至于搞成像学校那样的气氛，我发起了一个寻找电影中的“伟大瞬间”的游戏。这个“伟大瞬间”可以是电影中的一个场景、一段对话或一段影像，它能够让人在座位上看着看着突然身体前倾，心怦怦直跳。我们以一部比较容易的电影开始，斯坦利·库布里克[①]的《闪灵》(1980)，它讲述的是一位失意作家（杰克·尼科尔森[②]饰）在一家偏远的旅馆渐渐陷入疯狂，并欲谋杀家人的故事。

《闪灵》也许是斯坦利·库布里克导演最好的一部电影，但原著小说的作者斯蒂芬·金[③]讨厌它，对库布里克也没有好感。很多人都和他持同样的看法：库布里克以吹毛求疵、自我崇拜闻名于世，他总是让演员一拍再拍，效果却令人质疑。拍摄杰克·尼科尔森拿着一把斧子伏击斯加特曼·克罗索斯[④]的场景时，库布里克让他们演了四十次。最后，尼科尔森看到七十岁的克罗索斯几乎瘫倒在地，便对库布里克说够了，他绝对不会再拍了。

后来拍摄杰克追逐挥舞着刀的妻子（谢莉·杜瓦尔[⑤]饰）的

① 斯坦利·库布里克（Stanley Kubrick，1928－1999），美国导演。
② 杰克·尼科尔森（Jack Nicholson，1937－ ），美国演员。
③ 斯蒂芬·金（Stephen King，1947－ ），美国作家。
④ 斯加特曼·克罗索斯（Scatman Crothers，1910－1986），美国演员、音乐人。
⑤ 谢莉·杜瓦尔（Shelley Duvall，1949－ ），美国女演员。

场景时，他爬了五十八次楼梯库布里克才满意。（这么做值不值得？可能第二次或第三次已经演得够好了？也许。）

然而更重要的是，斯蒂芬·金认为库布里克“没有捕捉到”恐怖的精髓，并不知道恐怖感是如何产生的。金曾参加过一次《闪灵》的试映，最后却悻悻地离开了。他说这部电影就像一辆没有引擎的凯迪拉克。“你上了车，可以闻到皮革味，但你哪儿也去不了。”事实上，他还说他认为库布里克拍电影是为了“伤害别人”。

他说的话我有几分同意，然而我喜爱《闪灵》。我喜欢它的拍摄和布光手法，我喜欢三轮车的轮子从地毯上滚到木地板上又滚回地毯上的声音。而且每次那对孪生姐妹出现在走廊上的时候，我总是被吓得够呛。不过，要说我心目中的伟大瞬间，还是杰克·尼科尔森在幻觉中和那位像英国男管家一样刻板的旅馆侍者对话的场景。它发生在一间灯光炫目的洗手间里——充满了耀眼的橙红色和白色。对话起初平平无奇，但随后侍者警告杰克他的小儿子在“惹麻烦”，也许他应该“处理”一下。侍者（菲利普·斯通[①]饰）一动不动，相当平淡地说出台词，却抢走了杰克的风头。留意他每说完一句话时合上干燥嘴唇的动作，那就像是一个微妙的、隐隐有几分下流的标点符号。

那个侍者直言不讳，说他和他的孩子们之间也有问题。其中一个孩子讨厌旅馆，想将它烧了，但他（用一把斧子）“纠正”了她。“当我的妻子试图阻止我履行职责时，我也‘纠正’了她。”这是

① 菲利普·斯通（Philip Stone，1924－2003），英国演员。

一场完美的表演。不像杰克的演技，从我最初在一九八〇年看到他以来就没有什么进步。此处他演得太过火，几乎像业余演员，非常糟糕，在那位极其节制的英国演员的反衬下更是如此。

不过，这不是杰西心目中的伟大瞬间。他选中的是清晨小男孩偷偷溜进杰克的卧室想拿走一个玩具、却发现他父亲坐在床边目光如炬地盯着他的场景。杰克叫儿子上前，于是儿子拘谨地坐到了他的大腿上。小男孩盯着父亲没有剃须的脸和惺忪的双眼——尼科尔森穿着蓝色晨袍，脸色煞白，如同一具死尸——小男孩问他为何不睡觉。

过了一会儿，才传来令人恐惧的回答："因为我要做的事情太多了。"我们凭直觉明白了——他是想像侍者那样，用斧子宰了他的家人。

"就是这里，"杰西小声说，"我们可以再看一遍吗？"

我们接下来看了《安妮·霍尔》(1977),主要是为了看戴安·基顿[①]在一家黑暗的酒吧里唱《仿如旧日时光》的场景。摄影机从侧面拍摄基顿，让她显得仿佛在看镜头外的某人。这个场景让我直起鸡皮疙瘩——她好像一边在唱着这首歌，一边用她的眼神营造出戏剧高潮。这也是她所扮演的角色终于实现了自我认同的一刻——安妮·霍尔是一位初出茅庐的音乐人，这是她充满自信的初次登台表演。

有些电影后来再看会令人失望。也许是因为当初看的时候你

---

① 戴安·基顿（Diane Keaton，1946－ ），美国女演员。

正在谈恋爱，或是刚好因为失恋而心碎，反正就是正好有些事情加深了它的魔力。我给他放了《环游世界八十天》(1956)，当我还是杰西这么大的时候，片中夕阳下热气球飘浮于巴黎上空的壮观场景令我震撼，然而现在看来，实在是老掉牙了，无聊透顶。

但一些电影仍会让你兴奋，年复一年依然让你感动不已。我给杰西放了《穷街陋巷》(1973)，这是马丁·斯科塞斯[①]在他电影生涯刚开始时所拍的一部电影。它讲述了主角在纽约充满暴力和阳刚气的小意大利区成长的故事。开场后不久有个场景令我毕生难忘。背景是滚石乐队《告诉我》的充满戏剧性的和弦，摄影机跟着男主角哈维·凯特尔[②]穿过一家亮着红光的酒吧。任何在星期五晚上去过自己最喜欢的酒吧的人都很清楚他这一刻的感觉。你熟悉酒吧里的每一个人，他们朝你挥手、叫喊你的名字，你整晚潇洒自如，顾盼自雄。哈维曲曲折折地穿过人群，在这里和人握握手，在那儿和人开开玩笑，并随着音乐的节奏扭动屁股，缓缓地跳起舞来。它描绘的是一个热爱生活的年轻人，在星期五晚上、在这个地方与这些人一起享受生活的场景。它也留下了一位年轻电影人快乐的印记，他因拍电影而忘情沉醉，他知道自己真的是在拍电影了。

当然还有别的伟大瞬间：《法国贩毒网》(1971) 中吉恩·哈克曼[③]在酒吧搜查的场景。“大力水手在此！”他大喝道，情急之

① 马丁·斯科塞斯（Martin Scorsese，1942－ ），美国导演。

② 哈维·凯特尔（Harvey Keitel，1939－ ），美国演员。

③ 吉恩·哈克曼（Gene Hackman，1930－ ），美国演员。

下弄翻柜台，药瓶、弹簧刀、大麻烟都掉在了地上。还有《飞越迷城》（1987）中达斯汀·霍夫曼[①]问查尔斯·格罗丁[②]利比亚是否“在附近”的时候，后者吃了一惊才恍然大悟的表情。或者是《巴黎最后的探戈》（1972）里马龙·白兰度的独白，说的是一只经常在芥菜田里“跳起来寻找野兔”的名叫杜切尔的狗的故事。我们在夜深时看了《巴黎最后的探戈》，桌上点起了蜡烛。在电影接近尾声的时候，我看到杰西黑色的眼睛正凝视着我。

“就是这一刻。”我说。

我们看到奥黛丽·赫本[③]在《蒂凡尼的早餐》（1961）里坐在一幢曼哈顿公寓的防火梯上，她的头发用毛巾扎住，手指漫不经心地弹拨着吉他。镜头将这一切全收了进来，楼梯、砖墙、苗条的女人，然后以中景镜头对准奥黛丽，接下来来了个大特写，她的脸占据了整个屏幕，瓷器般精致的颧骨、尖尖的下巴颏儿、褐色的眼睛一览无遗。她停止弹拨，随后惊讶地抬头看着镜头外的某人。“嗨。”她温柔地说。这就是人们去电影院时寻求的伟大瞬间，无论你是什么年纪，只要一看到它，就永远难以忘怀。这就是电影充满魔力的最佳例证，因为它会突破你的防线，真真切切地让你心碎。

片尾字幕滚过、主题曲渐渐淡出的时候，我坐在那儿，仍然心醉神迷，不过我能感觉到杰西有所保留，就像穿着泥泞的鞋子

① 达斯汀·霍夫曼（Dustin Hoffman，1937－ ），美国演员。
② 查尔斯·格罗丁（Charles Grodin，1935－ ），美国演员。
③ 奥黛丽·赫本（Audrey Hepburn，1929－1993），英国女演员。

不愿意走过地毯。

“怎么啦？”

“这是一部奇怪的电影。”他说，按捺住了打呵欠的冲动。他感到不自在的时候，就会这么做。

“怎么说？”

“它讲的是两个‘娼妓’的故事。但是这部电影本身似乎并不知道这一点。它以为自己讲的是什么甜蜜又疯狂的东西。”说到这里他大笑了起来，“我并不是瞧不起你喜欢的东西……”

“不，不，”我辩护道，“我并不是多喜欢这部电影。我喜欢她而已。”我接着谈到杜鲁门·卡波特[①]，也就是原著小说的作者，他一直不喜欢让奥黛丽·赫本扮演女主角的这个安排。“他认为女主角郝莉·戈莱特利是个假小子，更接近朱迪·福斯特[②]那种类型。”

“当然，”杰西说，“你实在没法想象奥黛丽·赫本是个妓女。而在这部电影中，女主角偏偏是个妓女。那个男的，年轻的作家也一样。他们两人那么做只是为了钱。”

郝莉·戈莱特利是个妓女？

杰西以前问过我一次，是不是觉得丽贝卡和他是两个世界的人。我说不是，不过我暗暗担心——为这样一个绝色女子竞争，特别是在即将上演时髦肤浅表演的角斗场上展开竞争，他可能会

---

① 杜鲁门·卡波特（Truman Capote，1924－1984），美国作家。

② 朱迪·福斯特（Jodie Foster，1962－ ），美国女演员。

被击败。我记得他在“那件事”发生的几个星期后，曾将他那张苍白而绝望的脸转向我，说：“我想，我人生中想要的，上帝都会给我，除了丽贝卡·吴。”

所以当他“拥有”她时，我反而有种如释重负的感觉——因为这意味着至少在接下来的一阵子，他不会再疑神疑鬼，老是认为自己够不着某种更大的幸福。现在回头想想，我猜是学校食堂传出了关于克莱尔·布林克曼的传言，刺激丽贝卡重新燃起了对他——过去那个“可以拥抱”的杰西——的兴趣。这个传言将她的书呆子男朋友吹到了大海深处，而令人难过的是，传言也一起带走了克莱尔。

事实上，一旦看穿她漂亮的外貌，你就会发现丽贝卡·吴是个超级讨厌鬼。她喜欢兴风作浪，最爱耍阴谋诡计和制造不幸。只想让身边人都以她为中心，是个从别人相互纠缠的苦战中汲取养分的怪物。只有这样才能让她明星般的脸蛋焕发光彩。

她深夜里给杰西打电话，发出一些让人心神不宁的暗示。她总是有一些“新点子”，比如在谈话结束时说，也许他们可以和其他人约会，看看合不合适之类的。这是她让他一直上钩的方法。她不能忍受让他来说“我得挂电话了，再见”。

大把时间就这样过去了，这样的谈话让他精疲力竭，感觉仿佛眼里进了沙子。我真怕她会给他带来伤害。

然而与其他少年不同的是，杰西心里有个小小的无法进入的角落。基于一些我到现在都不清楚的原因，杰西像是在一座大厦里保留了一间黑暗的房间，丽贝卡无法进入，这让她着迷。你明白的，一旦她能拿着手电筒进去，一旦她发现自己能自由出入，那里就成了一间没有价值的房间。他也就没有价值了，而她则会扬长而去。但值得庆幸的是，目前那还是一扇上锁的门，而她站在门外等候，试图找出可以打开门的钥匙。

一个温暖的下午，鸟儿婉转啼鸣，割草机嗡嗡作响，铁锤在街对面改造中的教堂上砰砰敲打，丽贝卡·吴出现在了我们家的门廊上，她的黑发洋溢着健康和生机。她和我愉快地聊了两三分钟不带个人色彩的话题，就像政客们在筹集资金的晚宴上谈论的那种。聊啊聊啊聊啊，她毫不畏惧和我进行眼神接触。像这样的女孩，有朝一日会经营一家世界级连锁酒店的。

尽完对我的义务之后，她钻进了地下室。楼梯下的门温和而坚决地啪的一声关上了。

我听到了年轻人的私语声，随后，我在想，我是不是应该提醒杰西刷牙，或是为枕头套上枕套（又决定不提醒他了）。我把自己挪到了家里一个远远的、隔音的地方。

我想，真是"完美"，优等生丽贝卡·吴竟公然和一个高中辍学生谈恋爱。这应该不是她的父母划小船逃离越南时所期盼的事情吧？

其余的一些下午，当她在经理培训课程上超常发挥，或者准备和青年保守党人的辩论的时候，我和杰西却坐在沙发上看电影。从我的那些黄色卡片上可以看到，我们把几周时间花在了名为"天才将会脱颖而出"的"单元"（这是一个让人讨厌的学校常用词语）上。这只不过是众多影片中的一小批，有些片子甚至并不是那么好，但其中偏偏都有个不知名演员表演得非常出色，通俗地说，你清楚他或她成为大明星只不过是时间问题。比如塞缪尔·杰克逊[1]在斯派克·李[2]的《丛林热》(1991)中所扮演的瘾君子角色。看上三十秒，你就会不由自主地问："那家伙是谁？"还有就是薇诺娜·瑞德[3]在《阴间大法师》(1988)中扮演的一个小角色。

同样还有西恩·潘[4]在高中性喜剧《开放的美国学府》(1982)中扮演的一个吸毒吸到目光呆滞的人。注意看别人和他说话时他看人的表情，简直就像已经快被脑子里的白噪音震聋了、在耳朵上堵了个巨大的枕头一样。他并不是主角，但他在电影中的表演是如此精湛扎实、如此耀眼，使片中的其他演员沦为了陪衬他的背景人物（加里·库珀[5]也会让和他合作的演员产生这种"失色"的效果）。

"我有没有天赋？"杰西问。

"多得很。"我说。

"哪一类天赋？"

该怎么说呢？"关键在于，"我说，"要拥有快乐的人生，就要擅长做一些事情。你有没有意识到你有做某些事情的天分？"

"我想不到有哪些事。"

---

① 塞缪尔·杰克逊（Samuel Jackson，1948－ ），美国演员。
② 斯派克·李（Spike Lee，1957－ ），美国演员、导演和制片人。
③ 薇诺娜·瑞德（Winona Ryder，1971－ ），美国女演员。
④ 西恩·潘（Sean Penn，1960－ ），美国演员、导演和制片人。
⑤ 加里·库珀（Gary Cooper，1901－1961），美国演员。

我告诉他，法国小说家安德烈·纪德[①]曾在日记中写道，他二十岁在巴黎街头散步的时候，对于人们居然看不出他是能写出杰作的人而生气。

杰西坐在他的位子上往前倾。“我恰好也这么想。”他说。

我给他放了奥黛丽·赫本主演的《罗马假日》(1953)。这是她第一次在电影中担任主角。当时她二十四岁，毫无表演经验，然而她和格里高利·派克[②]那不费吹灰之力和充满喜剧性的默契配合，表现出了成熟得令人难以置信的表演天赋。她如何能在这么短的时间里表现得如此完美？她那奇特的口音和某种对情感的敏感，不由得让人想起了托尔斯泰笔下浪漫的女主角娜塔莎[③]。然而赫本也有一种人们难以学到的天赋，那就是天生和摄影机之间存在默契，不断浮现出极具吸引力的表情。

我让杰西再去注意，镜头给她脸部特写时，永远都像找到了最佳的角度，仿佛受到某种引力般的吸引。《罗马假日》让她获得了奥斯卡最佳女主角奖。

作为“天才将会脱颖而出”单元的一部分，我挑选了一位年轻导演的处女作。直到今天，这部几乎被人遗忘的电视电影，也始终是我看过的年轻电影人做出的最令人振奋的作品。

为电视播放所拍的电影通常不属于优异作品，但你只要看几秒钟《决斗》(1971)，就会发觉它的独特之处。一开始，你先从

---

① 安德烈·纪德（André Gide，1869 – 1951），法国作家。

② 格里高利·派克（Gregory Peck，1916 – 2003），美国演员。

③《战争与和平》中的女主角。

司机的角度看去，只见有辆车正驶离某个祥和的美国城市郊区，慢慢地开往城外。这天很炎热，天空湛蓝，四周房屋越来越少，路上汽车也变少了，只剩下这一辆。

随后，一辆生锈的十八轮运输车突然出现在后视镜中。它的窗户被遮着。你看不到司机。你可以瞥见他的牛仔靴，他的手向车窗外挥着，但就是看不到他的脸。

长达七十四分钟的时间里，那辆卡车像史前怪物般，在太阳烤晒的道路上追逐着小汽车，也像大白鲸在追逐亚哈[①]。它一会儿在路旁守候，一会儿隐藏在狭谷，一会儿看似失去了兴趣却又突然间出现，完全就是一个毫无逻辑可言的怪物的化身，就像床下有只手时刻准备着拉你的脚踝。但是为什么会这样？重点来了：在还很年轻的时候，导演已经知道不需要回答这种问题。

一辆卡车和一辆小汽车——它们之间没有对白。它们只是在高速公路上追逐。我问杰西，其他人有可能这样处理素材吗？“像从岩石上挤出酒来一样不可能吧。”他说。

我暗示答案存在于导演的视觉攻击上。《决斗》强迫你看它，似乎是在对观众说，这里发生的事情非常重要，这样的事情曾经令你恐惧过，现在它再次出现了。

史蒂文·斯皮尔伯格[②]执导《决斗》的时候才二十四岁。他此前执导过电视剧（《神探可伦坡》中的一集使他一举成名），但

---

① 美国作家赫尔曼·麦尔维尔（Herman Melville，1819－1891）的小说《白鲸》中的情节。

② 史蒂文·斯皮尔伯格（Steven Spielberg，1946－ ），美国导演。

没有人预料到他会以这种手法处理这个题材。导演超越了那辆卡车，超越了丹尼斯·韦弗[1]扮演的那个饱受惊吓的司机，成为《决斗》中真正的明星。就像阅读一部了不起的小说的头几页时，你就会感受到绝妙的、随性而为的天赋。它尚未学会质疑自己的做法，没有过分精明。我猜，这正是斯皮尔伯格多年前接受采访时想要表达的意思，他当时说每隔两三年自己就会重看一次这部电影，以“记住我当时是怎么拍出来的”。他暗示，只有年轻时，才能不顾一切地自信。

于是你可以理解，为何一年后电影公司的制片人只看了一眼《决斗》，就决定让他拍《大白鲨》(1975)。要是斯皮尔伯格连一辆笨重的大卡车都能拍得那么恐怖，那么想象一下他会如何拍一条大白鲨。就像卡车司机一样，那条大白鲨你是看不见的。你只看得到它的影响，一只狗失踪了、一个女孩突然被拉下水、一只救生圈浮在水面，这些迹象显示了危险的存在，但他始终不让你看到危险的真面目。斯皮尔伯格早年就凭直觉知道，如果你想要吓唬人，重点就是要利用对方的想象力。

我们看了 DVD 附带的《决斗》拍摄花絮。令我惊奇的是，当斯皮尔伯格讲述他如何一个镜头接一个镜头地构建这部电影——其间花了多少心思、下了多少工夫时，杰西听得饶有兴趣。分镜、同时使用多部摄影机，甚至试了六七辆卡车来挑一辆看起来最凶的。“你知道吧，老爸，”他以一种略微惊讶的腔调说，“在

① 丹尼斯·韦弗（Dennis Weaver，1924－2006），美国演员。

这之前，我本来一直以为斯皮尔伯格有点差劲。”

“他是一个电影疯子，”我说，“稍微有些怪异的物种。”我给他讲了一位日日寻欢的年轻女演员的故事，在斯皮尔伯格、乔治·卢卡斯[①]、布莱恩·德·帕尔玛[②]以及马丁·斯科塞斯刚刚开始电影生涯时，她就和他们相识了。她后来说，她很惊讶地发现他们似乎都对女人和毒品不感兴趣。他们唯一想做的是聚在一块儿谈论电影。“正如我所说的，他们是电影疯子。”

我给他放了《欲望号街车》(1951)。我告诉他在一九四八年，相对还不出名的年轻演员马龙·白兰度如何从纽约搭便车来到田纳西·威廉斯[③]位于马萨诸塞州普罗温斯敦的家，参加百老汇舞台剧的试演。他发现大名鼎鼎的剧作家正处于可怕的焦虑状态：家里没水没电，抽水马桶也堵住了。白兰度在保险丝后放了一些硬币，解决了电源的问题，然后又趴在地上修理水管。这一切做完后，他擦干手，走进客厅，开始朗读他要扮演的斯坦利·科瓦尔斯基的台词。读了大约三十秒，因嗑药而呈半昏迷状态的田纳西便挥手要他停下来，说：“这就够了！”然后就让他回纽约去演这个角色了。

至于他演得怎么样，听说有不少男演员看过白兰度一九四九年在百老汇表演的《欲望号街车》后，就放弃了演艺生涯。同样的事情也曾发生在弗吉尼亚·伍尔芙身上，当她第一次读到普鲁

① 乔治·卢卡斯（George Lucas，1944－ ），美国导演。
② 布莱恩·德·帕尔玛（Brian De Palma，1940－ ），美国导演。
③ 田纳西·威廉斯（Tennessee Williams，1911－1983），美国剧作家。

斯特的作品时，曾想放弃写作。然而电影公司不愿意让白兰度演电影。他们说他太年轻，吐词含糊不清。不过他的表演老师斯特拉·阿德勒[1]很有先见之明，她认为“这个奇怪而自负的傻小子”会成为他这一代演员中最伟大的一位。事实正如她预言的一样。

几年后，一些当年和白兰度一起上过表演课的同学回忆起他那些另类的行径，说他能够倒立着背诵莎士比亚独白；即使是倒立着，他仍然能够比那天的其他任何演员背得更清楚、更打动人。

“《欲望号街车》，”我解释说，“是一部释放出瓶中精灵的戏剧。它改变了美国演员整体的表演风格。你可以感觉到这一点，百老汇初演时在剧中饰演米奇这个角色的卡尔·莫尔登[2]多年后说过：‘观众需要白兰度，他们是为了白兰度而看这部戏的。当他下台的时候，你能感觉得出他们在期待他重返舞台。’”

我发现自己已在过度推销这部电影的边缘，于是强迫自己闭上嘴。“好吧，”我对杰西说，“今天你会看到一些不同凡响的东西。系上安全带准备出发吧。”

电话有时会响起来，我害怕听到那个声音。如果是丽贝卡·吴打来的，就会破坏气氛，好像有人蓄意用石头砸破了窗户一样。八月下旬的一个酷热午后，在看《热情如火》（1959）的时候，杰西出去接了一个电话。他出去了二十分钟，回来时魂不守舍，满脸的不开心。我将电影倒回来重放，却发现他心不在焉。他的眼睛定定地看着屏幕，就像抛锚停泊了一样，以便放纵对丽贝卡的

---

① 斯特拉·阿德勒（Stella Adler，1901－1992），美国女演员、表演教师。

② 卡尔·莫尔登（Karl Malden，1912－2009），美国演员。

忧思四处漫游。

我关掉了 DVD，说："你知道吗，杰西，这些电影是花了大量心思怀着巨大的热爱拍出来的，它们需要观众坐下来一口气看完每一个场景。所以我要定一个规矩。从现在起，看电影过程中不许接电话。接电话是对电影的不尊重，是一种可恶的行为。"

"好吧。"他说。

"电话来的时候，我们甚至不能看是谁打来的，好吗？"

"好啦，好啦。"

电话再次响了起来。就算身处城市的另一端，丽贝卡似乎也能察觉到杰西何时会分心。

"算了，你还是接吧。下不为例。"

"我和老爸在一起，"他低声说，"我稍后会回你。"听筒里传来一阵嗡嗡声，就像有只小黄蜂困在了里面。"我和老爸在一起。"他重复道。

他挂掉了电话。

"什么事？"我说。

"没事。"他随后恼火地吐出一口气，仿佛先前一直在屏着呼吸，"丽贝卡总是挑最奇怪的时间，想聊一些事。"一瞬间，我觉得我看到了泪水在他眼眶里打转。

"聊什么？"

"我们之间的关系。"

我们继续看电影，不过我知道，他的心思飞向了别处。他在看着别的电影，在想自己让丽贝卡不快的行为会招来她什么样的报复。我关掉电视机。他望着我，吓了一跳，如同他惹了麻烦。

“我以前曾有一位女友，”我说，“我们之间的对话永远都是关于我们的关系。只是谈来谈去，却没有真正的关系可言，无聊到了极点。给她回电话吧，把事情给解决了。”

第六章

热浪持续了一个星期之后，一天早晨，天气突然之间变了。车的引擎盖上结了露珠。云在天上舒卷，鲜活得很不自然。或许不是明天，甚至也不是下周，但秋天注定快来了。我抄近路穿过宏利人寿大厦来到布鲁尔街，看到保罗·布伊萨克独自坐在扶手电梯旁的一间咖啡店里。他是个个子矮小、一本正经的法国人，三十年前曾在大学里教过我超现实主义方面的课程，在那以后，对我在电视台的工作一直颇有微词。他暗示说，他看我的电视节目算是屈尊了，不过他的男友——一个手汗很多的家伙——是我的狂热粉丝。(这点我相当怀疑，但从未深究过。)

布伊萨克抬起胖胖的白手朝我挥挥，示意我过去。我顺从地坐下。我们天南海北东拉西扯，我问了许多问题（一如往常[①]），

① 原文为法语。

他则轻率地耸肩以对。这就是我们的交谈方式。当聊到杰西的话题时（“那您，您要怎么消磨这一天呢？”[①]）我开始侃侃而谈，说小孩子不喜欢上学说不上是“一种病”，甚至是值得鼓励的[②]。然后又说到我的小孩既不看电视也不吸毒，以及快乐的小孩子未来也会有快乐的人生，诸如此类。我说得停不下来，而就在说话的同时，我发现自己有种奇怪的喘不过气来的感觉，仿佛刚刚爬完一趟楼梯。布伊萨克示意我安静，这时我感觉自己——打个比方——就像一辆小汽车到处冲撞后猛地停在了路边。

“你在为自己辩护。”他用带有浓重口音的英语说。（他在多伦多生活了四十年，说起话来却仍像是戴高乐。）我坚称没有，随后变本加厉，解释了一堆不需要解释的事情，针对不存在的指责替自己辩护。

“但学习可是有所谓的黄金时期的，那之后再学就太迟了。”布伊萨克用法国知识分子那令人难以忍受的决绝口气说道。

太迟？我猜，他的意思是不是说学习就像掌握一门外语，你必须在某一个年龄（十二或十三岁）“掌握”口音，否则的话，你就永远别想学会正确发音？这可真是令人沮丧的理论，难道我们该把杰西送入军事学校？

布伊萨克似乎再无兴趣交谈（并且表现了出来），因此喝完意大利式浓缩咖啡，他就去别的地方买烤箱隔热手套了。那天晚上，他将为一群国际符号学家举行晚餐派对。这次碰面出乎意料

---

① 原文为法语。

② 原文为法语。

地让我心烦。我感觉自己似乎背叛了某些东西，妄自菲薄起来。我是在为杰西还是在为自己辩护？我是不是像个在校园里吹嘘自己的十岁小孩？有那么明显吗？也许吧。但我不希望任何人认为我做了对杰西有害的事。（我始终无法把他驾驶着大麻烟雾缭绕的出租车的画面赶出脑海。）

三个少女从我身边走过，留下一股口香糖和冷空气的味道。我想，也许我们都高估了自己对孩子的影响。你到底要怎样才能逼着一个快两米高的小孩子做家庭作业？显然我和杰西的妈妈在这件事上已经失败了。

对布伊萨克的厌恶像一股突如其来的强风向我吹来。我有一种感觉，我这种孩子气的奇怪行为、这种习惯性的自我辩解，之后会愈演愈烈。

在那张桌子前，我掏出一支钢笔，在餐巾纸上列了个名单，上面都是些曾和我一起上大学后来却变得一文不值的人。B，在墨西哥酗酒而亡；G，我少年时代最好的朋友，在吸毒后的精神恍惚之中，掏出一支枪对着某人的脸扣动了扳机；M，一个在数学、运动以及各方面都天赋过人的孩子，现在整天对着电脑自慰，而他的妻子在市中心的一家法律事务所工作。这是一张令人欣慰、充满戏剧性的单子，里面甚至包括我的哥哥，那令人难过的哥哥——他曾是田径明星、大学兄弟会之王，现在却住在一家膳宿公寓角落的房间里，即使过了这么多年，仍在抱怨他受到的教育不当。

如果我错了怎么办？如果杰西将来不能走出地下室“掌控这

个世界”，该如何是好？如果我纵容他受谬论影响，整天懒洋洋地围绕着那些自以为是的家伙打转而毁了一生怎么办？

再一次，我眼前出现了一辆出租车在雨夜开过大学路的画面：夜班。杰西，通宵营业的甜甜圈店里的一张熟面孔。“嗨，杰西，老样子？”

过去这一年里，在我的“指导”下，他究竟有没有学到任何东西？学这些东西有意义吗？我们来看一下，他知道伊利亚·卡赞和非美委员会之间的那些事，但他知道共产主义者是什么吗？他知道《巴黎最后的探戈》中的公寓是摄影师维托里奥·斯托拉罗[①]将灯放在窗外而不是室内拍出来的，但他知道巴黎在哪儿吗？他知道用餐时叉子应该面朝下放，法国的赤霞珠葡萄酒比加利福尼亚产的稍微酸一些（很重要的知识）。还有呢？吃饭的时候嘴要合上（做得时好时坏）；刷牙时也要刷刷舌头（正在学习）；做完三明治以后要洗掉水槽侧边的金枪鱼汁（多数时候能做到）。

哦，还有。他喜欢《这个杀手不太冷》（1994）中加里·奥德曼[②]像精神病患者一样拿着枪冲过走廊的场景。他喜欢《欲望号街车》中马龙·白兰度一把将桌上的碗碟扫到地上的场景。“我这里已经清理好了，你们面前的需要我清理一下吗？”他喜欢《与鲨同游》（1994）：不是开场（“那只是个噱头”），而是结尾。（“那儿，”他说，“是电影开始变得深刻的地方。”）他喜欢《疤面煞星》

① 维托里奥·斯托拉罗（Vittorio Storaro，1940－ ），意大利电影摄影师。
② 加里·奥德曼（Gary Oldman，1958－ ），英国演员。

(1983) 中的阿尔 · 帕西诺[1]。他喜欢那部电影，就像我喜欢《了不起的盖茨比》中的派对一样。你明知道那些派对既没规矩又肤浅，但还是不由得会被吸引。他一遍遍地看《安妮·霍尔》。早上，我会在沙发上发现空的 DVD 盒子。他几乎能记住里面的每一句台词，还能适时引用。《汉娜姐妹》（1986）也是如此。他沉迷于阿德里安 · 莱恩[2]执导的《洛丽塔》(1997)，甚至希望我把它作为圣诞礼物送给他。对这些事情我该感到开心吗?

是的，事实上我很开心。

但后来有一天，雪花在窗外纷纷扬扬落下，我们在屋里重温《疤面煞星》，放到阿尔 · 帕西诺来到迈阿密的时候，杰西转头问我迈阿密在哪里。

"啊？"

他说："从这里过去的话，要怎么样才能到呢？"

我慎重地顿了一顿（他是不是在开玩笑？），说："往南走。"

"朝艾林顿还是国王街走？"

"国王街。"

"是吗？"

我小心而认真地说下去，像一个随时会被对方的玩笑伏击的人那样。但这一次他可不是在开玩笑。"你去到国王街，继续走，一直走到大湖边。穿过大湖就是美国国境了。"我等着他打断我。

---

① 阿尔 · 帕西诺（Al Pacino，1940－ ），美国演员。

② 阿德里安 · 莱恩（Adrian Lyne，1941－ ），英国导演。

“美国就在湖的另一边吗？”他说。

“是的！”我顿了一顿，“在美国境内你继续往南走，大约走一千五百英里，会经过宾夕法尼亚州、南北卡罗来纳州及佐治亚州，”我仍然期待他打断我，“这时你会到达一个伸进大海的手指形状的州，那就是佛罗里达州。”

“噢。”他顿了顿，“往下呢？”

“佛罗里达往下？”

“是的。”

“好吧，让我们看看。你一路走到手指的底部，这时会碰到另一大片水域，你再继续走一百英里，会到达古巴。记得古巴吗？就是我们曾经长聊过丽贝卡的那个地方。”

“那真是一次不错的对话。”

“别打岔，”我说，“你走过古巴，再走很长很长的距离，最后就会到达南美。”

“那是一个国家吗？”

我顿了顿。“不，那是一个大洲。你再继续走，走上个几千英里，经过丛林和城市，再经过丛林和城市，会一直走到阿根廷的尽头。”

他凝视着空中。他在看着自己想象中某种非常鲜活的东西，但只有上帝才知道那是什么。

“那是世界的尽头吗？”他问。

“差不多了吧。”

我真的做对了吗？

玛姬家所在的街道上现在春意盎然。树木绽开指甲一般的花苞，好像在对着太阳伸展它们的枝条。我们在看一部过誉的艺术电影时，一件很奇怪的事发生了，完美地诠释了这部电影想要带给观众的某个教训。事情始于我听说邻居要出售房子。不是和我们一墙之隔的邻居艾利诺——她大概只有在盖着英国国旗被人抬出去的时候才会离开她的房子——而是住在另一侧的一对夫妇，那个戴着太阳镜的水蛇腰女人和她的秃头丈夫。

我在那一周挑出那部电影放给杰西看，完全是出于偶然。那是意大利经典电影《偷自行车的人》(1948)，有史以来最哀伤的故事。一个失业的男人需要一辆自行车才能获得新工作，他费尽艰辛才得到它。这件事使他性情大变，在性生活上也恢复了自信，但自行车在第二天就被人偷走了。他悲痛不已。演员朗培尔托·马齐奥拉尼[①]有一张难以言喻的脸，像一个饱受折磨的孩子。他该怎么办？没有自行车，就没有那份工作。他带着儿子满城寻找丢失的自行车的样子实在教人于心不忍。随后他看到一辆无人看守的自行车，将它偷了出来。换言之，他决定将自己所受的痛苦转嫁到他人身上。他辩解说，这是为了家庭的利益，和偷他自行车的人完全不同。我解释道，关键在于我们有时会调整自己的道德定位，什么是对、什么是错取决于特定的时刻我们需要什么。杰

① 朗培尔托·马齐奥拉尼（Lamberto Maggiorani，1909 – 1983），意大利演员。

西点点头，这个观点吸引了他。看得出来他在比较这件事和他的生活，试着找出相似之处。

但这个偷车贼被抓住了，而且是被当众抓住的。几乎整个街区的人都看到了他是如何被拖走的，包括他的儿子。他儿子的脸上浮现出了我们永远不想在自己孩子脸上看到的那种表情。

看完这部电影的第二天，也可能是几天后，我发现邻居家有人进进出出。我看到巷子里有个骨瘦如柴、面色阴沉的人，在我家的新垃圾箱那儿探头探脑。又有一天早晨，城市灰蒙蒙的，街道满是泥泞和杂物，仿佛刚刚退潮（你几乎以为会看到垂死的鱼在水沟里挣扎），邻居的房子挂出了“待售”的招牌。

我发觉自己刚开始还是随便想想，随后就越来越冲动，盘算着卖掉我那间糖果厂里的阁楼（它疯狂地升值了），搬到我儿子和我前妻隔壁去住。当然，前提是他们希望我这样做。我越这样想，就越希望这样做，事情就变得越急切。不过几天工夫，事情就变得像救命一样严肃了。我估摸着，付完首期，我手上甚至还会有些余钱。虽然这不是我原先设计的人生轨迹，但原来的想法比这个更糟糕。也许这样一搬家，住在他们附近，还能让我转运。一天午后，我那位戴着太阳镜的性感邻居开着她那小巧实用的小汽车出现在街角，手里拿着个公文包匆匆地走上台阶。

“我听说你要卖房。”我说。

“没错。”她说，同时干净利落地将钥匙插进了锁孔。

“能否让我先看看？”

可以想象那个脸色阴沉的房地产经纪人曾经警告过她千万不

要这么做。但她是个好人。她说："当然可以。"

这是一栋适合小个子的房子、一栋法国人的房子，不过很整洁，让人感觉舒适，甚至地下室也是如此（不像玛姬的地下室，即使洗衣机后面有鳄鱼跑出来你也不会惊讶）。狭窄的过道、狭窄的楼梯、精心粉刷的卧室、精致的栏杆，还有一只引人好奇的药箱——尽管从她干净的皮肤、稳定利落的举止来看，似乎不像那种持有值得一偷的药丸的人。

"这房子售价多少？"我问。

她报了一个数字。很自然，它高得离谱，不过随后我想，最近我那间糖果厂阁楼的估价也升了，人们告诉我说那里现在"正流行"，和其他一些令人讨厌的新兴玩意儿（手机、三天式胡须）一样。那是给赢家、给赶时髦人群住的地方。简而言之，是给混蛋住的。

我向她解释了我的处境：我急切地想与十多岁的儿子和前妻住到一块儿。这让她大吃一惊。我问她能不能给我购买这栋房子的优先权。好吧，她说，她会和丈夫谈谈。

接下来就是混乱匆忙的一连串行动。打电话给银行，打电话给住在糖果厂阁楼里的玛姬（她很高兴地同意了，而且热泪盈眶），与隔壁卖房的那位苗条女郎又谈了一次。一切看起来都很顺利。

然而接下来，基于一些我无法揣测的原因，苗条女郎和她的秃头丈夫决定不优先把房卖给我们。一天傍晚，她丈夫生硬地告诉我会有两场看房会，看完之后我可以竞拍，和其他人一起出价。

这不是好消息。希腊城[1]正渐渐成为热门地段，房价涨势吓人。房子的成交价动辄就比卖主最初的要价高二十万加币。

看房会前一两天，我把杰西叫过来，让他在那天下午召集一班好友到我们家门廊前来。我会请他们喝啤酒、抽烟，大约在下午两点集合。

你可以想象那壮观景象。当有意向的买家出现在邻居家的台阶上时，他们发现就在距离未来新居不过三英尺处，有一群面色苍白的毛头小子喝了半打的酒，不停地抽烟，还满嘴脏话。有些车停了下来，车上的人看见这边吵吵嚷嚷的情形，一下呆住了，随后便开车走人了。

大约一个小时后，那个脸色阴沉的房地产经纪人出现了，问这群小伙子主人是否在家。我蜷缩在客厅，想看看电视，肚子里却翻江倒海，如同汽车的报警器在我体内鸣响。（良心有愧。）

"不，不，"我低声对杰西说，"告诉他我不在家。"

四点钟，看房会结束了。二十分钟后，当我偷偷地走下门前楼梯准备去希腊餐馆喝一杯时，我的神经几乎要爆炸了，经纪人出现在了我面前。他的脸很小，两颊消瘦，仿佛不愉快的评估使他的皮肤萎缩了，让他看起来很讨人厌。"门廊上的那些先生们"，据他所说，给他们"捅了大娄子"。我试图转换话题，用一种快活的语调问他一些房地产以及街区的事；说我搞不好还会雇用他，因为我正准备买一套房子。哈哈哈，我像海盗一

① 多伦多市的一个街区。

般笑起来。但他丝毫不为所动，不带笑容地说我家门口那些满口脏话的小孩吓走了好几个买主。绝对没有！我如同在为女王辩护。

接下来的星期天又是看房会。下了一阵雨，天空变成柔和的灰色，海鸥在停车场低飞，有一些则仰着头在地上走，张着嘴，好像在漱口。不管心里有多么不安，我还是坚持自己的策略。更多的啤酒，更多的香烟，更多弯着腰怒目而视的蠢蛋。我没有心情在附近逗留，便骑上车飞快地过了桥，假装有事情要处理。四点后我才回来。雨已经停了。我刚刚经过我们常去的希腊餐馆，就看到杰西穿过人行道向我走来。他脸上带着微笑，但有点小心翼翼的，似乎在防备着什么。

"我们有点小麻烦。"他说。看房会开始几分钟后，那个秃头男人就猛地穿过草坪——这回他戴上了太阳镜——用双拳猛敲我家的门。在那些孩子们的注视下，他要求见我。

我？

"他不在这儿。"杰西告诉他。

"我知道他在玩什么把戏，"秃头咆哮道，"他想搅黄这买卖。"

搅黄这买卖？这话真过分。特别是当这是事实的时候，更是如此。我突然感到一阵羞耻与恶心。更糟糕的是，我觉得自己像小孩子一样害怕，就像身处火舌四射的房间里一样，惹上"大麻烦"了。这就像我开着父亲的车出来，没有驾照，还把车撞坏了。我还不安地感到杰西清楚我做了错事，从头至尾一直清楚。更不用说我把他也牵扯进来了。家长指导的绝佳示范。怎样应对危机、怎样得到你想要的东西。把他交给我，玛姬，我会确保他挺直腰杆，做个正直的人。

“我把我所有的朋友都叫进屋里了。”他说。

“现在回去安全吗？”

“我想再等一会儿比较好。经纪人很生气。”

几天后，我请我的一位朋友假扮买家，为这所房子开了一个价。但他们一定是看穿了这个把戏，几乎没怎么搭理他。结果，我的诡计、我将一群孩子牵扯进来的愚蠢和不道德的阴谋全都白费了。一对开花店的同性恋情侣以接近五十万的高价盘下了这所房子。

我在想，这段插曲会不会成为杰西一生中最难忘的事情之一？（你永远不知道他记忆的窗户何时开着，而当它开着的时候，你可不想丢一只死狗进去。）第二天，我将他拉到身边。“这是我犯过的最大的一个错误。”我说。

“希望和家人生活在一起并没有错。”他说。但我没有让他说下去。

我说：“如果我想卖房子的时候有人这样对我，我会拿机关枪扫射他们。”

“我还是认为你没做错。”他坚持说。

很难让他从不同的角度看待这件事情。我说：“我就像是《偷自行车的人》中的那个主角。我把必要性当成挡箭牌，来假装这么做是正确的。”

“那如果这么做是正确的呢？”他顶嘴说。

后来，我们看完电影、出屋吸烟时，我偷偷地向四周张望，确保秃头男人和他妻子不在附近。

“你明白后果了吗？”我说，“现在每当我走到门廊上，都会往四周看，生怕那个家伙会出现。这就是代价。这是真正的代价。”

第七章

我策划了一个“静态表演”单元，它诠释了如何通过不动声色的表演来抢走你身边所有演员的风头。当然了，我是从《正午》(1952）入手的。这类影片有很多令人愉快的惊喜，仿佛每个元素都恰到好处。合适的剧本，合适的导演，合适的演员阵容。《卡萨布兰卡》(1942）是这样，《教父》(1972）是这样，而《正午》无疑也是这样。加里·库珀扮演县治安官，正准备带着新娘出城。这时他听说一个刚出狱的坏蛋及他的三个朋友正往城里赶，搭乘将于正午抵达的火车，想要“干掉”当年把他送进牢房的人。库珀在城市的各个角落找人帮忙，然而每个人都跟他撇清了关系。最后，只有他一个人站在空荡荡的街道上，面对四个持枪的坏蛋。

当时的西部片普遍以彩色拍摄，而且大部分主角都是有着坚毅下巴的高傲英雄，这使他们看起来更像是卡通人物而不是血肉之躯。这部电影就是在这样的背景下脱颖而出的：以黑白拍摄；

既没有漂亮的日落，也没有延绵的山脉；相反，我们看到的是一个小小的、破败的城镇。故事的主角也很不一样——一个胆小怕事的男人，而且对此毫不掩饰。我提醒杰西这部电影拍摄于五十年代初期，可以看出它和当时在好莱坞进行的政治迫害有所呼应。那些被怀疑同情左派的人，发现自己一夜之间就被朋友们抛弃了。

现在说来难以置信，但《正午》上映的时候曾被各种各样的人抗议。他们批评它反美，指责在结尾抛下镇上的人离去的人，说他不配被称为“英雄”。电影的编剧卡尔·福尔曼被迫流亡英格兰，被打上了“亲共”的标签，没有哪家电影公司愿意雇用他。而在电影中扮演懦弱的愣头青的劳埃德·布里吉斯[①]两年内不得出演电影。“反美”是他收获的裁决。

我向杰西指出，可以留意电影中一些美妙非凡的时刻，比如对空荡荡的铁轨的呈现，就是以无声而平静的手法营造出危险迫在眉睫的感觉。这些铁轨不断提醒着观众，坏蛋们正从这个方向逼近。时钟的镜头同样如此，滴答、滴答、滴答、滴答……随着正午临近，它们甚至走得更慢了。

随后可以谈谈加里·库珀。和他合作过的演员经常会惊讶不已，因为他在片场做的事情特别少，看起来像什么都没演，什么都没做，似乎很难说他是在“表演”。但当你在银幕上看到他的表演时，却会发现他能把其他人都变成背景。其他演员会发现自

① 劳埃德·布里吉斯（Lloyd Bridges，1913－1998），美国演员。

己的表演在他身边总会变得一团模糊。

“看看有他出现的场景，你的眼睛会往哪儿瞄，”我对杰西说，“想象你和他搭戏，和他一比会是什么样子。”

为了不那么严肃，我给他放了《流氓警察》(1990)。事实上，这是一部有趣又热闹的电影。理查·基尔[①]扮演一位腐败的警察。当他的一位性情反复无常的同僚（威廉·鲍德温[②]饰）被传召作证时，我们看到饰演反派的基尔的演技是如此出色，甚至比主角更好。他那小小的眼睛，使他看着就像是洛杉矶警察局里的伊阿古[③]。基尔不动声色的表演——以及由此展现出的沉着自如的行事风格——具有催眠般的吸引力，你会明白为什么他这个角色令他的前妻也沉迷不已，以及为什么一旦他感到被人威胁，就什么事情都做得出来。我叫杰西留意一个场景，基尔只是以随性甚至愉悦的态度说了几句话，就让安迪·加西亚[④]饰演的被派来调查他的警官脑中产生了可怕的想象。

“别被他沾沾自喜的英俊外表或者脱口秀似的说话方式给骗了，”我说，“理查·基尔可是货真价实的好演员。”

我们接着看了大卫·柯南伯格[⑤]的《死亡地带》(1983)。克里斯托弗[⑥]扮演一位孤独的灵媒，其表演令人心碎，不愧是静态表

---

① 理查·基尔（Richard Gere，1949－ ），美国演员。
② 威廉·鲍德温（William Baldwin，1963－ ），美国演员。
③ 莎士比亚戏剧《奥赛罗》中的反面人物，堪称最令人难忘的反面角色。
④ 安迪·加西亚（Andy Garcia，1956－ ），古巴裔美国演员。
⑤ 大卫·柯南伯格（David Cronenberg，1943－ ），加拿大导演。
⑥ 克里斯托弗·沃肯（Christopher Walken，1943－ ），美国演员。

演的王子。随后我们看了《教父2》(1974)。你还能对“大阿尔”·帕西诺挑剔什么呢?他具有潜伏在洞口的海鳗那样的定力,伺机行动,悄无声息。不信的话,你看他跟参议员那场精彩的戏就知道了:后者没能理解帕西诺给赌场执照的第二次出价、也是更低的出价意味着什么。

我还放了《布利特》(1968)。它拍摄于四十年前,然而不锈钢般的权威性至今依然丝毫未减。那是蓝眼睛的史蒂夫·麦奎因[①]最英俊的时候。麦奎因是一位深谙“少即是多”的演员,他以那种只有伟大的演员才有的冷静聆听别人。我从地下室找出了我以前跟健谈的加拿大导演诺曼·杰威森[②]的访谈,他和麦奎因合作过三部电影。“史蒂夫不是那种只要站在舞台上,仅凭一把椅子就可以娱乐观众的演员,”杰威森说,“他是一个电影演员。他喜欢摄影机,摄影机也喜欢他。他的表演向来很真实,因为他总是在扮演他自己。你拿掉他的一句台词,他根本不会介意。只要摄影机还对着他,他就很开心,因为他知道这是一种视觉媒体。”

麦奎因的人生相当曲折。他曾是失足少年,在少管所待了几年。做了几年海员后,他流浪到纽约,上了一些表演课。换言之,我对杰西解释说,他不是那种附庸风雅的戏剧俱乐部会长之类的家伙。我说,天才有时会出现在意想不到的地方。

我们看了阿兰·德龙[③]主演的《独行杀手》(1967)和劳伦·白

① 史蒂夫·麦奎因(Steve McQueen,1930–1980),美国演员。

② 诺曼·杰威森(Norman Jewison,1926–),加拿大导演。

③ 阿兰·德龙(Alain Delon,1935–),法国演员。

考尔[1]主演的《夜长梦多》(1946)，当然，还有万能的克林特·伊斯特伍德[2](他的表演静态得不能更静态了)主演的《荒野大镖客》(1964)。克林特绝对值得你长期关注。我列举了我喜欢他的五个理由：

1. 我喜欢他在《荒野大镖客》中的表演，他举起四根手指对造棺材的人说："是我弄错了。做了四口棺材。"

2. 我很欣赏的一点是——正如英国影评人大卫·汤姆森指出的——一九九三年，当克林特和查尔斯王子并肩站在伦敦的国家电影剧院门口时，每位观众都很清楚谁才是真正的王子。

3. 我喜欢当克林特执导一部电影的时候，他从不会说："开始！"他总是很平静地说："准备好了就开始。"

4. 我喜欢看《不可饶恕》(1992) 中他摔下马的镜头。

5. 我喜欢克林特在《肮脏的哈里》(1971) 里的形象，他一手拿着枪，另一只手拿着热狗，走在旧金山的大街上。

我向杰西提到我曾经与威廉·戈德曼[3]在宴会上有过简短的交谈。他写了《虎豹小霸王》(1969) 的剧本，后来又为克林特写了《绝对权力》(1997)。戈德曼极为欣赏他。"克林特举世无双，"他告诉我，"在这个自大狂主宰的世界里，他绝对称得上专业人士。在他的片场，每个人都是来工作的，做好你的事就可以回家了；而且因为他总想去打一会儿高尔夫，所以常常让大家早下班。

① 劳伦·白考尔（Lauren Bacall，1924－2014），美国女演员。

② 克林特·伊斯特伍德（Clint Eastwood，1930－ ），美国演员、导演。

③ 威廉·戈德曼（William Goldman，1931－2018），美国小说家、剧作家。

他还和其他人一起在食堂吃午饭呢！”

一九六四年，《荒野大镖客》的剧本到了克林特手上，而其实它早就写成了。查尔斯·布朗森[1]没接，说这是他看过的最糟糕的剧本。詹姆斯·柯本[2]也不想接，因为电影要在意大利拍摄，而他听过很多关于意大利导演的负面评价。克林特以一万五千美元的片酬接下了这部电影，不过——我对杰西强调——他坚持要删减剧本。他认为主角如果不说话，电影会更有趣。

“你猜猜他为什么这么做？”我说。

“显然，一个不说话的人会让你有各种各样的想象，”杰西说，“一旦他张嘴说话，肯定就没那么吸引人了。”

“确实如此。”

他出了会儿神，之后补充说：“现实生活中要是也像这样，该有多棒啊。”

“啊？”

“少开口。表现得更神秘。女孩们喜欢这种。”

“因人而异吧，”我说，“你是个健谈的人。女人也喜欢健谈的人。”

回到电影的话题，三年之后，伊斯特伍德才看到完成后的电影。那个时候他大概已经快忘掉这部电影了。他邀请了一些好友到私人放映室，说：“这部电影可能真的很烂，不过我们好歹看看吧。”几分钟后，他的一位好友说：“啊，克林特，这部电影真

① 查尔斯·布朗森（Charles Bronson，1921－2003），美国演员。

② 詹姆斯·柯本（James Coburn，1928－2002），美国演员。

不赖！”《荒野大镖客》复兴了西部片，让当时本已变成“老年明星疗养院”的西部片恢复了活力。

电影放完后，我让杰西迁就我一下，重看一遍《巨人传》中詹姆斯·迪恩玩绳子的那个场景。迪恩被几个想和他做生意的狡猾商人围着，罗克·赫德森在桌上放了一千两百美元。“你现在有钱了，小子。”迪恩只是坐在那儿，一动也不动。“谁抢了戏？”我问，“谁抢了整部电影的风头？”

我们甚至看起了电视剧——爱德华·詹姆斯·奥莫斯[1]在《迈阿密风云》（1984－1989）中扮演穿着黑色西服的警长。我说：“这是一部愚蠢到让人难以置信的电视剧，但留意奥莫斯的表演——简直是神迹。他不动声色，却让你觉得他是藏着秘密的人。”

“什么秘密？”

“这就是静态表演带给人的幻觉。事实上没有秘密。只是暗示他藏着秘密。”我说。我听起来像在写酒评一样了。

我关掉了 DVD 机。

“我想看完剩下的内容，”杰西说，“可以吗？”

伴随着街对面公寓（一天比一天更大）二楼的施工队又砸又锯又焊的声音，我和杰西连看了三集《迈阿密风云》。有一回，邻居艾利诺踏着重重的步子经过我们的窗前，并向里头瞥了一眼。我猜测她一定在想，我们两个为什么会日复一日地看电视。我忽然有一种近乎偏执的冲动想追上她，对她说，我们看的不是电视，

---

① 爱德华·詹姆斯·奥莫斯（Edward James Olmos，1947－ ），美国演员。

是电影。我注意到，这些日子，只要一涉及杰西，我都会产生一种惹人厌的辩解冲动。

从我在客厅所站的位置，可以看到丽贝卡·吴正转过停车场一角。她穿着白色牛仔裤、白色夹克及淡黄色T恤，如夜色一般浓黑的长发还是一丝不乱地垂着。教堂外墙根下的建筑工人们互相示意，当丽贝卡走过他们面前时，他们一个个呆若木鸡地看着她。一群灰色的鸽子忽地飞了起来，拍打着翅膀向西而去。

我正开始重温新德国电影[1]。那天我们正在看沃纳·赫尔佐格[2]的《阿基尔，上帝的愤怒》(1972)。(记得为他讲解征服者用手指比对岩石上的血迹的那个场景。）我必须说，有时我是在播放影片半小时前才知道杰西之前出去过，或者根本宿醉未醒。他压根儿没说前一晚跑出去喝酒的事，但他上楼的时候，我闻得出来。有一次，他前一晚刚出狱的朋友摩根（因袭击他人坐了三十天牢）跑来我们家庆贺。凌晨四点，我不得不很客气地赶他出去，并让杰西上床睡觉。

“我们家”几个字说来好听，但很多时候我觉得自己像是手持皮鞭和椅子，忙着击退一堆混乱、骚动和不负责任的人。真的，就像有灌木在房屋四周生长，不断地威胁要将枝条藤茎伸进窗户和门下，沿着地下室向上攀缘。从杰西退学到现在已经过去一年多了（现在他十七岁了），然而没有任何迹象显示他想要“融入”

① 始于20世纪60年代“新德国电影”运动的电影流派。

② 沃纳·赫尔佐格（Werner Herzog，1942－ ），德国导演。

这个世界。

我们的电影俱乐部仍然存在着。冰箱上贴着黄色卡片，写着我们已经看过的电影，证明我们没有虚度时光，这一切并不是我的幻想。我清楚我无法通过电影给他系统的教育。但这不是关键。我们当然可以去潜水或集邮，但这些无法给我们几百个小时的时间共处，天南地北地乱聊各种话题——丽贝卡、嗑药、剔牙、越南、性无能和香烟……

有时候，他会问起一些我曾经采访过的人：乔治·哈里森（是个好人，尽管当你听到他的利物浦口音时，很难控制住自己不跳起来，大叫着说："你曾经是披头士乐队的成员，一定和许多妞上过床吧！"）；齐格·马利[①]（雷鬼教父鲍勃·马利[②]的儿子，名副其实的混球）；哈维·凯特尔（了不起的演员，可惜脑袋像装满了水泥）；理查·基尔（一个典型的假冒知识分子的演员，到现在都没搞清楚别人会听他说话是因为他是电影明星，而不是因为他是思想家）；朱迪·福斯特（采访她就像试图闯入美军基地诺克斯堡一样难）；丹尼斯·霍珀（出言粗俗但有趣，一个了不起的家伙）；瓦妮莎·雷德格瑞夫[③]（热情、优雅，和她交谈就像和女王交谈）；英国导演斯蒂芬·弗雷斯[④]（又一个不知道须后水不应搽太多的英国佬，难怪没有一个女人想将头埋入他怀中）；小野洋子[⑤]（防

① 齐格·马利（Ziggy Marley，1968－ ），牙买加音乐人。
② 鲍勃·马利（Bob Marley，1945－1981），牙买加音乐人。
③ 瓦妮莎·雷德格瑞夫（Vanessa Redgrave，1937－ ），英国女演员。
④ 斯蒂芬·弗雷斯（Stephen Frears，1941－ ），英国导演。
⑤ 小野洋子（Yoko Ono Lennon，1933－ ），日裔美籍艺术家。

备心强、浑身是刺的家伙，当你问她有关最近“项目”的种种时，她会这样回答：“你会问布鲁斯·斯普林斯汀[1]这个问题吗？”）；罗伯特·奥特曼[2]（健谈、有文化、性格随和，难怪很多演员愿意不计酬劳地去演他的戏）；奥利弗·斯通[3]（非常阳刚的家伙，本人比他写的剧本要聪明得多，会说出“《战争与和平》？上帝啊，这是哪门子问题？现在可是早上十点！”这样的话）。

我们聊起了六十年代、披头士乐队（虽然已经聊过很多次，不过杰西还是纵容我讲下去）；有节制或毫无节制地喝酒；然后又聊起丽贝卡（“你觉得她会不会甩了我？”）、阿道夫·希特勒、达豪集中营、理查德·尼克松、外遇、杜鲁门·卡波特、莫哈韦沙漠、舒格·奈特[4]、女同性恋、可卡因、海洛因、后街男孩（我提议的）、文身、约翰尼·卡森[5]、图派克[6]（他提议的）、讽刺、举重、小弟弟的尺寸、法国演员，还有卡明思[7]。真过瘾！我或许是在等待一份工作，但我无须等待我的人生。它就在那儿，在我旁边的柳条椅上。正在发生的一切真是太美好了——纵使我清楚，将来的某个时候，这样的聊天终会结束。

如今，当我作为食客再来到玛姬的家里时，总会满怀柔情地在门廊上待上一阵子。虽然我知道杰西和我会在晚上拿着咖啡杯

---

① 布鲁斯·斯普林斯汀（Bruce Springsteen，1949－ ），美国音乐人。
② 罗伯特·奥特曼（Robert Altman，1925－2006），美国导演。
③ 奥利弗·斯通（Oliver Stone，1946－ ），美国导演。
④ 舒格·奈特（Suge Knight，1965－ ），Death Row 唱片公司创始人。
⑤ 约翰尼·卡森（Johnny Carson，1925－2005），美国节目主持人。
⑥ 图派克·夏库尔（Tupac Shakur，1971－1996），美国饶舌歌手。
⑦ 爱德华·埃斯特林·卡明思（Edward Estlin Cummings，1894－1962），美国诗人。

过来，但再怎么样，这也和以前一起看电影时的感觉不一样了。说来也奇怪，她屋子的其余部分，厨房、卧室、客厅，都没有留下我的痕迹，我完全找不到以前曾住在这里的亲切感，只有门廊上才有。

我说到哪儿了？哦，对了，一个春光明媚的午后，丽贝卡来访。

她轻快地走上楼梯，杰西仍然坐着。两人交换了一下眼神。她两手插在上衣口袋里，带着礼貌谨慎的微笑，好像一个女乘务员以为自己听到了一些不好听的话，却又不确定是不是真的听到了。某些非同寻常的事情正在发生。我能够看到远处有一位建筑工人，一动不动，站在梯子的一端，正往这边望过来。

我听到开门声，两人走了进来。“你好，大卫。”丽贝卡说。显得轻松活泼，一副掌控一切的样子。或者，至少她想装出这个样子。“今天过得怎么样？”她问。

这再次让我惊讶。“我过得怎么样？好吧，我想想。我很好。你在学校过得怎么样？”

“我们放假了，所以现在我在 GAP 打工。”

“总有一天你会管理全世界的，丽贝卡。”

“我只是想自己挣点钱。”她说。（这是在打击我吗？）杰西站在她身后等着。

“很高兴再见到你，丽贝卡。”

“我也是，大卫。”她说。她永远不叫我吉尔莫先生。

他们走下楼去。

我走上二楼，打开电脑，已经是今天第三次检查有没有新邮件了。玛姬是这个世界上最后一个使用拨号上网的人，因此连上网之前，总是得等等，听上一阵嗡嗡声和嘎吱声。

我在网上读了早报，然后从后窗望出去，看到邻居艾利诺正在她的后花园用锄头松土，为新的耕种季做准备。她的樱桃树正长出花苞。过了一会儿，我走到楼梯上，隐约听到有模糊的说话声从地下室传来。丽贝卡的声音很激动，然后是杰西的声音，异常平静，像在用胸腔发声，有点装腔作势。

之后是沉默，跟着响起了脚步声，两个人的脚步声。他们没有说话。前门开了又被小心翼翼地关上了，似乎不想惊动我。我下楼的时候，看到杰西身体前倾，苦着一张脸。我看到远处有一个小小的人影，是丽贝卡，正消失在停车场的尽头。那些建筑工人的脑袋一齐转向了她的方向。

我坐了下来，椅子发出咯吱咯吱的声音。有那么一会儿，我们就这样坐着。之后，我问道："发生什么事了？"

杰西转身面对我，举起双手遮住眼睛。我感觉他似乎哭过。"我们刚刚分手了。"

这正是我害怕听到的事。她新交的男友有车有漂亮公寓，或是一位股票经纪人，或是一位年轻的律师。显然有更符合丽贝卡期望的人出现了。

"她说了什么？"我问。

"她说没有我她会死掉。"

一瞬间，我以为我听错了。"她说了什么？"

他重复了一遍。

“你甩了她？”

他点点头。

“为什么？”

“我想是因为她太爱谈论我们之间的关系了。”

我久久地看着他，他苍白的脸色、蒙眬的双眼。半晌，我说：“很抱歉这么问，但我必须要问。你今天是喝多了吗？”

“有点，不过这和那无关。”

“天啊。”

“真的，老爸，和这事无关。”

我变得小心翼翼。“杰西，这么多年的经验让我学到一件事，那就是别在酒精的影响下做任何决定。”他张开嘴，似乎要反驳，但我又说：“哪怕不是直接的影响，宿醉也一样。”

他茫然地望向远处。

“你能想办法挽回吗？”我说。

“我不想那样做。”他看着那些建筑工人，仿佛看着他们能够坚定自己的想法。

我说：“好吧，让我说完，然后你可以做任何你想做的事，好吗？”

“好吧。”

“当你离开一个女人的时候，会发生一些事，一些你可能认为没有什么大不了的事。可是等这些事真的发生时，会很麻烦。”

“比如说别的男人？”

“我不想把这件事说得太难听，但是你和女人摊牌前，必须考虑到某些因素。而最重要的一个，就是她们会和别人在一起，而这个，相信我，可能会是令人讨厌的体验。”

“令人讨厌是什么意思？”

“让人不愉快。或者令人恐惧。”

“我知道丽贝卡会交新男友的，如果你是这个意思的话。”

“真的吗？你真的清楚地想过这件事情吗？”

“是的。”

“我给你讲个故事，可以吗？”

“好啊。”他看起来心不在焉。天啊，我想，这还只是开始。“我大学时有个朋友，”我开始讲故事，“实际上，你认识他。他住在西岸，叫阿瑟·科伦内。”

“我喜欢阿瑟。”

“好吧，很多人都喜欢他。这正是问题之一。我以前有个女友——这是很久以前的事了。我当时可能比现在的你大几岁。她的名字叫莎莉·布克曼。有一天，我对阿瑟说——因为他是我最好的朋友——我想和莎莉分手。他说：‘哦，真的吗？’他喜欢她。他觉得她很性感。她也确实很性感。

“我说：‘好吧，如果你想在我和莎莉分手后和她交往，我没问题的。’我也这样相信。我和她之间已经完了。结果一两个星期后，也许是一个月后，我和莎莉·布克曼分了手，自己到朋友在湖区的度假别墅过了个周末。你还在听我说吗？”

“在。”

我继续说下去："那个时候，阿瑟和我是同一支小乐队的成员。我打鼓，他做主唱，还吹口琴。我们自以为是摇滚明星，身材瘦削，魅力无人可挡。

"星期天晚上，我从度假别墅回到城里。待在别墅的那个周末里，我一直都在煮大麻根，将它们倒挂起来风干，从来没有想念过莎莉。事实上，她不在我身边了，我反而如释重负。

"我直接去乐队排练。阿瑟也在。讨人喜欢的阿瑟·科伦内，吹着口琴，和贝斯手打闹，一副很开心的样子，这正是阿瑟的本色。整个排练的过程中，我一直看着他，一直想问他'我不在的这周末，你是不是和莎莉约会了？'不过我始终没找到机会问。然后，我越来越焦急，我的好奇变成了恐惧。

"排练结束后，其他人都开车离去，只剩我和阿瑟坐在车里。我扭头面向他，故作轻松地问：'那么，这周你和莎莉约会了吗？'他兴高采烈地回答说：'是的，我约了她。'就好像这是个很有趣的问题，他也做了有趣的回答。于是我接着问——此时我说的每个字都不受我控制：'那么你和她之间发生了什么事吧？'他一脸严肃地说：'是的，发生了。'

"我告诉你，杰西，这就像有人以十倍的速度把电影快进了。世界就这么高速运转着，而我连一点声音都发不出来。他说：'来，抽支烟。'这让我的心情更差了。我开始胡言乱语，语速飞快，说什么这对我来说'完全'没问题，但是，人生真的很奇妙不是吗？事情变化得非常快不是吗？

"随后我叫他载我到莎莉那儿。他在布伦史威克街将我放了下来。我仍然记得那个门牌号码。我跑上楼梯，如同上面着了火，我砰砰砰地敲门。莎莉穿着晨衣来到门边，我该怎么形容她的模样呢——羞怯中带着狡猾，好像在说：‘哦，我寄给你的包裹里有炸弹吗？’

“结果我泪流满面，告诉她我有多爱她，说‘我现在明白了’之类的话。我滔滔不绝，觉得自己每个字都是认真的。你能想象这幅景象，对吧？

“然后我和她重归于好了。我让她扔掉床单，并把发生过的事情全部告诉我。有没有做这个，有没有做那个……令人作呕的问题，答案也同样令人作呕。”（说到这里，杰西大笑起来。）“然后我用了大约一个月的时间，才想起她是个多无聊的家伙，然后我再次离开了她。这一次是永远。不过我在这么做前，先确认阿瑟出城去了。我觉得她还会耍那一套旧把戏，我可不希望阿瑟配合她。”

“她又这么做了吗？”

“是的。她找上了我那位头脑不正常的兄弟，缠上了他。她不是什么好人，我跟你说，但这不是关键。关键在于，有时候你就是不知道自己会有什么感觉，而等你弄清楚的时候已经太迟了。分手这种事不能轻率。”

艾利诺出现在她的门廊上，将一个酒瓶扔进可回收垃圾箱，皱起眉头看了看街尾，如同看见了自己不喜欢的东西，乌云或是破坏公物的人之类的。随后她看到了几步开外的我们。

“哦，”她吓了一跳，“你们好啊，两位。看来你们在谈‘公事’。”

她愠怒地露齿而笑。

杰西一直等她离开了才说话。“我觉得我的朋友不会和丽贝卡走到一起。”

我说：“杰西，重点是她一定会和某人走到一起，相信我，而且她一定会让你知道。你有没有想过这个问题？”

他以一种大人般的、比平常低沉的语调说：“我觉得自己的心情可能会差个一两周，之后就没事了。”

我坚持说：“好吧，那么，我最后再说一件事，说完我就会闭嘴。如果你想的话，这件事是可以挽回的。这个时候你可以打电话叫她回来，这样可以省掉很多不愉快。”我试着让他理解，“除非你真的不再想和她在一起了。”

他沉默了一下，回答我：“我不想再和她在一起了。”

“真的吗？”

他神情犹豫地看着对面的教堂，看着来回移动的人影。我猜他是在重新考虑。随后他说：“我哭过一场的话，你会不会觉得我没有男子气概？”

“什么？”

“我们分手的时候，我哭了，她也哭了。”

“我能想象。”

“你不会觉得我太孩子气了吧？”

我说：“我想，如果你没有哭的话，那才是真的有问题，像冷血动物。”

一辆汽车驶过。

“你有没有在女孩面前哭过？”他问。

“你应该问，有没有哪个女孩我没在她面前哭过。”我说。当我听到他大笑时，当我看到——就算只有一刻——不愉快从他脸上消失，就像一张漂亮桌子上的灰尘被风吹走了，我便感觉轻松起来，仿佛熬过了一阵轻微的恶心反胃。我想，要是我能让他一直这样该有多好啊。但我还是可以想象他凌晨三点醒来，心里想着她，像一辆车盲目地冲向一堵水泥墙。

但目前他并没有。因为这个时候我们正在门廊上聊天，他的精神暂时飘出了“棺材”，但日落后还是要回去的，就像鬼魂一样。我清楚这一点。我打算再给他放一次《巴黎最后的探戈》，但这似乎不是个好主意。电影中的黄油场景可能会引起杰西不愉快的联想。那么放什么呢？《窈窕淑男》（1982），太过浪漫；《万尼亚在42街口》（1994），太俄罗斯了；《乱》（1985），又太好了，不值得冒上他不专心看的风险。最后，我找到一部让人想抓支猎枪朝自己的车门上开几枪的电影。一部狂放不羁的电影。

我将迈克尔·曼[①]的《大盗独行》（1981）放进了DVD机，就好像它是个九毫米子弹的弹夹。片头字幕滚动，画面是有史以来最好的字幕背景之一——两个家伙在撬保险箱。音乐是橘梦乐团[②]做的，行云流水般流畅。灰泥绿，电光粉，霓虹蓝。我说，留意他们拍摄机械的方式，对焊枪和钻机的打光和拍摄都带着热爱。摄影机聚焦在它们之上，就像工匠注视着自己的工具。

① 迈克尔·曼（Michael Mann，1943－ ），美国导演。
② 橘梦乐团（Tangerine Dream），德国老牌电子乐团。

当然还有主角詹姆斯·凯恩①，这是他演得最好的一次。留意其中的一场戏，他走进一个放高利贷的人的办公室去收钱，那人装作不知道他在说什么。留意凯恩开口前的停顿，愤怒得就好像需要喘一口气才能将整句话讲出来。“我是这个世界上你最不该糊弄的人。”他说。

“准备好，”我说，“好戏要来了。”

第二天下午，丽贝卡回来了。她精心打扮了一番，黑绸的衬衫、小小的金色纽扣、黑色牛仔裤。她这是在“把甜点收起来”之前让他再看最后一眼。他们坐在门廊上聊了一会儿。我在屋子后面的厨房里把锅子弄得砰砰响，将收音机开到最大声，甚至哼起了曲子。

他们的谈话并没有进行多久。当我偷偷溜进客厅（“只是为了除尘”）偷看时，我看到一个奇特的画面。杰西以一种很不舒服的姿势坐在柳条椅上，如同在等待公车上的最后一个座位空出来，而在他下面，人行道上，活泼的丽贝卡（她现在的这身打扮让她看上去像只黑寡妇蜘蛛）在和一群少年交谈，他们全都是来看望杰西的朋友。她神情优雅，欢快轻松，不像刚刚失恋的人。我早就知道她很危险，杰西也感觉到，而且厌倦了。我发现杰西是一个比我健康得多的家伙。我永远无法从一个美丽的女孩身边抽身而去，我像沉迷可卡因一样陶醉于拥有比别人更漂亮的女友。

① 詹姆斯·凯恩（James Caan，1940－ ），美国演员。

这样很下流、很可怕，也很可怜，我明白。我当然明白。

很快，门廊上就只剩下这些少年了。丽贝卡走了。我把杰西叫进屋里，把门关上。我平静地说：“跟他们说话要小心点，好吗？”

他脸色苍白地看着我。我能闻出他因激动而流出了汗水。“你知道她对我说了什么吗？她说，你永远不会再见到我了。”

我挥了挥手，不当回事，只说：“很好。不过你要答应我，你不会乱说话。”

“当然，当然。”他马上说，然而从他说话的方式，我就看出他已经说得太多了。

第八章

我们做过一次恐怖片专题，现在回想起来，这可能不是个明智的选择——杰西也许比他自己宣称的要脆弱一些——虽然我的本意只是想让他看一些更引人入胜的东西，而不是那种允许他不时随意陷入忧伤心事的电影。我从《罗斯玛丽的婴儿》(1968)开始，这部电影是一个哥特式梦魇，讲述居住在纽约的女主角（米亚·法罗[①]饰）怀了魔鬼的孩子的故事。我对杰西说："留意一下老妇人（鲁思·戈登[②]饰）打电话的著名镜头。她在和谁打电话？不过最重要的是留意这个镜头本身的构图：她被门半遮住了。为什么我们看不到她的全身？是导演罗曼·波兰斯基[③]犯了一个错，还是他想制造某种效果？"

① 米亚·法罗（Mia Farrow，1945－ ），美国女演员。

② 鲁思·戈登（Ruth Gordon，1896－1985），美国女演员。

③ 罗曼·波兰斯基（Roman Polanski，1933－ ），波兰犹太裔法国导演。

我跟杰西讲了一些波兰斯基的悲惨经历。当他还是小孩子的时候，母亲就死于奥斯维辛集中营；娶了女明星莎朗·塔特，她却在怀孕期间被查尔斯·曼森[1]的追随者杀害；最终因为和一个十三岁女孩发生关系，被判法定强奸罪后逃离美国。

杰西说："你认为与十三岁孩子发生性关系的人应该坐牢吗？"

"是的。"

"你不认为这取决于那个十三岁的人吗？我认识一些这个年龄的女孩，她们比我有更多的性经验。"

"这不相干。这种事情违反了法律，理应受到惩罚。"

我决定转换话题，于是说起了一件奇怪的事情：在拍摄《罗斯玛丽的婴儿》——这是一部好莱坞的大制作，有米亚·法罗和约翰·卡萨维蒂[2]这样真正的明星参与——的第一天，波兰斯基将车开到派拉蒙公司门前，明明是意气风发的时刻，他却奇怪地感到沮丧。我给杰西读了波兰斯基自传里的一段文字："有六十位技术人员供我调遣和使唤，庞大的预算供我支配——至少照我前一部电影的标准而言够庞大了。可是我想到的却是多年前，我的第一部电影开拍前夕，那个在克拉科夫[3]的不眠之夜。再也没有比那次更让我心情激荡的时刻了。"

"对这个故事你有什么看法？"我问。

"事情并不能如你所愿？"

---

① 查尔斯·曼森（Charles Manson，1934－2017），美国犯罪集团及邪教组织"曼森家族"的领导人。

② 约翰·卡萨维蒂（John Cassavetes，1929－1989），美国演员、导演。

③ 波兰城市。

"还有什么呢？"我追问。

"人在当下可能比自己想象得要快乐些。"

我说："我以前觉得，我的人生会在大学毕业之后开始。随后我又觉得，只有在出版了第一本长篇小说、成名了，或是别的什么傻事后才会开始。"我告诉他，我的哥哥曾语出惊人，说他觉得自己的人生从五十岁才开始。"你怎么样？"我问杰西，"你认为你的人生什么时候才算开始？"

"我的人生？"杰西说。

"是的，你的人生。"

"我根本不相信这种说法，"他一边说，一边兴奋地站起身，是那种灵光一闪时的兴奋，"你知道我怎么想吗？我认为人生始于出生时。"

他站在客厅的中间，整个人不住地摆动。"你认为是这样吗？你认为我说得对吗？"

"我觉得你是一个很聪明的人。"

随后，出于难以抑制的兴奋，他将双手一合，啪！

"你知道我在想些什么吗，"我说，"我认为你该上大学，这就是他们在大学里做的事。他们坐在那儿，讨论的就是这些事情。唯一不同的是，在这里，你只能和我讨论，大学里却有好多的女生。"

他晃了晃脑袋。"真的吗？"

而就像第一天——感觉已经是多年前——放《四百击》时那样，我知道我该就此打住了。

接下来我给他放了《继父》(1987)，这是一部副线情节非常愚蠢的小成本电影，但让人惊叫连连。我让他注意一个场景：刚杀了家人的房地产经纪人正在带一位买家看房。当他渐渐发现和他谈话的人是警察而不是客户时，他的脸色慢慢地起了变化。随后我放了《德州电锯杀人狂》(1974)，电影的制作非常粗陋，但引发恐惧的本事堪比潜意识。随后我放了大卫·柯南伯格非常早期的作品《毛骨悚然》(1975)，讲述了在多伦多一座平平无奇的大厦里，一场科学实验出了事故。性爱狂在走廊上出没。《毛骨悚然》为多年后的《异形》(1979) 中让人反胃的异形提供了原型。我提醒杰西留意令人不安的最后一个镜头，一辆辆幼虫似的小汽车缓缓地驶出公寓，使混乱扩大。这是一部成本非常低的电影，却意外地出色，展示了柯南伯格独一无二的敏感：一个思想肮脏却又无比聪明的家伙。

接着我们看了希区柯克的《惊魂记》。绝佳的影院观影体验的特点之一就是，你一定会记得你是在什么地方看的这部电影。一九六〇年该片上映时，我是在多伦多的诺镇戏院看的。我当时十一岁，尽管讨厌恐怖片，而且知道父母听到我看恐怖片后会很紧张，我还是去看了，因为我最好的朋友准备去看，他是那种什么鬼都不怕的小孩。

很多时候你会因恐惧而瘫软，就像把手指插入墙上的插座、电流流经了全身一般。这就是《惊魂记》中的几个场景带给我的感受。不是浴室里的那场主戏，因为它出现的时候，我已经把头埋在手臂里了，而是这之前的场景，透过浴帘你看到有什么东西进了浴室的时候。记得那个夏日午后，从诺镇戏院走出来的时候，我一直在想阳光是不是有点不对劲。

我用很学院派的说法向杰西指出，从摄影和灯光来看，这部电影很像是一部廉价的“剥削电影”[1]。我还指出，《惊魂记》证明了杰作也可以有瑕疵。这时我并没有指出瑕疵在哪里。我想到的是那个可怕的、对白过多的结尾，但我希望他能自己看出来。

随后我们看了一部冷门电影——《鬼婆》(1964)。故事发生在十四世纪日本封建时期一处满是芦苇和沼泽的幻想世界。这是一部黑白的恐怖电影，讲述了一对婆媳通过杀死掉队武士并出售他们的武器维生的故事。但这部电影真正的主题是性欲，那种狂热的诱惑和暴力能引发一连串的失常行为。我讲这些的时候，留意到杰西的注意力并不是十分集中。他在想丽贝卡，在想她正和谁在什么地方做些什么。

“你在想些什么？”我问。

“我想起了辛普森[2]，”他说，“我在想如果他能再等六个月，也许就不会在乎他的妻子和谁在一起了。”

我提醒杰西为一个可怕的场景做好心理准备：老女人想要将脸上的恶魔面具撕下(它在雨中收缩了)。这老女人撕啊扯啊拽啊，血沿着她的脖子滴下来，她的儿媳妇用一块锯齿状的石块猛砸面

① 常常是炮制耸人听闻题材的 B 级电影。

② O·J·辛普森（Orenthal James Simpson，1947－ ），美国前橄榄球运动员、演员，因被控杀妻而在全球范围内名噪一时。

具，咔咔咔。我指出，这个面具为后来威廉·弗莱德金[①]刻画《驱魔人》（1973）中的恶魔形象提供了灵感。《驱魔人》是所有恐怖电影中最了不起的一部，是有史以来最吓人的电影。它是我们清单中的下一部，也是这个单元的压轴之作。

第一次看《驱魔人》时，我二十四岁，被吓得心胆俱裂，电影刚放了半个小时就逃出了戏院。几天后我重回戏院尝试再看，这次成功看了一半，直到那个小女孩慢慢把脑袋转动了三百六十度，伴随着肌腱碎裂的声音，那一瞬间我感觉自己的血液仿佛凝固了，于是再次逃出了戏院。直到第三次看的时候，我用拇指塞住耳朵，透过手指的缝隙才坚持把它看完。我为什么要一再回戏院把它看完？因为我有一种感觉，这是一部"了不起"的电影——不是思想上了不起，因为我甚至不能确定它的导演是否在乎影片究竟有没有主题——而是因为它是一项出类拔萃的艺术成就，是一位极有天赋的导演在其艺术造诣巅峰时期的作品。

我也提到了在该片之前刚刚执导了《法国贩毒网》的弗莱德金。从很多方面来看，他都是一位恃强凌弱、几近疯狂的人。剧组成员称他为"乖僻的威利"，因为这位老派的导演会对人大吼大叫，满嘴脏话，早上刚把工作人员开除，下午又把人家请回来。他在拍摄现场朝天开枪吓唬演员，还播放很疯狂的音乐——南美树蛙的叫声或是《惊魂记》的配乐——音量大得惊人。这让剧组的每个人都神经紧张。

---

① 威廉·弗莱德金（William Friedkin，1935－ ），美国导演。

他凭一己之力将《驱魔人》的预算——原本应该是四百万美元——直接提升到了一千两百万美元。在纽约拍摄的一天，因为不喜欢特写中培根卷曲的样子，便停止拍摄，让剧组成员跑遍纽约寻找未经防腐处理、能始终保持扁平的培根。弗莱德金的工作进度慢到极点，以至于当某位剧组成员病了三天后重返现场时，发现他们还在拍那个培根的特写镜头。制片人原想让马龙·白兰度扮演片中那个资深的驱魔人梅林神父，但弗莱德金担心这样做会使电影变成“白兰度的电影”，而不是他的作品（一些心胸狭窄的人就曾这么评价过弗朗西斯·科波拉[①]的《教父》），所以他拒绝了。

还有一个流传多年的小故事，说他在其中的一场戏里用了一位非职业演员扮演神父（这人在现实中就是一位神父），因为一直拍不出满意的画面，他便问神父："你信任我吗？"神父说信任，于是威利退后一步，打了他一个耳光。然后他们重拍了那场戏，弗莱德金由此得到了他想要的效果。你可以看到当达米安神父在楼梯下做最后的仪式时，他的手一直抖个不停。

正如我早前对杰西说过的，天才的确会在一些奇怪的、有时候意想不到的地方显现。我特别说明，弗莱德金很可能是个精神病患者，但你无法否定他在影像方面的品位。每当摄影机顺着楼梯往上拍到孩子的房间时，你就知道比先前更新奇、更恐怖的事情就要发生了。

---

① 弗朗西斯·科波拉（Francis Coppola，1939－ ），美国导演。

看完《驱魔人》的那晚，杰西是在沙发上睡的，两盏灯一直开着。第二天早上，我们两人都对昨晚的恐怖体验略感尴尬，一致同意暂停这个单元。“了不起的喜剧系列”“坏女孩系列”“伍迪·艾伦系列”以及“新浪潮系列”……什么都可以，就是不要再放恐怖片了。《驱魔人》中有一些瞬间——比如那个小女孩静静地坐在床上，很镇定地用男人的声音说话的时候——会让你觉得自己正在禁区边缘摇摇晃晃。

第九章

读完此前所写的内容后，我意识到自己可能给人留下了一种印象：除了看电影以及对儿子的人生指手画脚外，我无所事事。事实显然并非如此。现在，我获得了一些工作机会，例如写书评、帮别人润色纪录片剧本，甚至做了几天代课老师（当然，这事听着令人沮丧，但至少不像我之前害怕的那样打击人）。

我卖掉了我那间位于糖果厂的阁楼，用这笔钱和妻子在唐人街边上买了一栋维多利亚风格的房子。玛姬最终搬回了自己家。这样快乐的日子已经持续了一年多。然而，玛姬还是认为杰西需要“和男人住在一起”。我也这样认为。而且，我宽厚仁慈的妻子也这样想。在一次圣诞节的家庭派对上，已退休的高中校长——一位小巧可爱、声音像麻雀一样的女性长辈对我说：“别犯傻了。十几岁的男孩就和新生儿一样需要照顾，尤其是父亲的关注。”

于是，杰西跟着我和蒂娜，带着三个装满了衣服和无盒 CD

的厚垃圾袋，穿过城市，来到新家。他搬到了三楼的蓝色卧室，从窗户可以看见外面的湖。这是这栋房子里最好的房间了，最安静，通风也最好。我给他买了一幅约翰·沃特豪斯[①]所绘的裸体女人在池塘游泳的复制品，挂在墙上的海报中间：旁边是埃米纳姆（怎么看都是一个平平无奇的家伙）和《疤面煞星》（阿尔·帕西诺在抽雪茄），还有一个头套尼龙袜的混混用九毫米口径的手枪指着你的脸，配字“向坏蛋问好”。

事实上，当我写下这些的时候，我就坐在离杰西的蓝色卧室不到几码的客厅里。他的房间现在空空的，只有一件他已经不要的旧衬衫仍然挂在门后。这些天来，他的房间显然整洁多了，床头柜上放着一张《重庆森林》（1994）的DVD、一本《米德尔马契》（未读）、埃尔默·伦纳德的《浮华》（至少他没有把它卖掉）、托尔斯泰的《哥萨克》（我要他看的）以及安东尼·伯尔顿[②]的《胡乱吃一通》。最后一本书是他上次和女朋友来过夜时留下的。我看着这些东西，感到一阵安慰，就好像他仍住在这儿，至少精神在这儿；就像他哪天还会回来一样。

不过，虽然我不想在这里多愁善感，有几个晚上，当我经过他的卧室去书房时，会向里面偷看几眼。月光洒在他床上，房间一片静谧，我简直难以相信他已经不在这儿了。在这间房子里，我们本来还有别的事要做，还要再添几张画，再在墙上加个挂衣

---

① 约翰·沃特豪斯（John Waterhouse，1849－1917），英国新古典主义与前拉斐尔派画家。

② 安东尼·伯尔顿（Anthony Bourdain，1956－2018），美国作家、厨师和主持人。

钩。可惜没能来得及。

唐人街的秋天，城北树林里的叶子正在转红。骑车经过我们屋前的女士们也戴上了手套。杰西找到一份兼职，电话推销之类的，为某个“消防员杂志”筹集资金。

一天傍晚，我来到他们的“办公室”，这是一个有六七个隔间的肮脏地方，里面坐着一个没有前途的白人小孩、一个巴基斯坦人，以及一个面前放着桶装可乐的胖女人，所有人都在打电话。上帝！我想，是不是我一手把他送进这样的公司的。这就是他的未来。

而他就坐在那儿，后排右边，电话听筒贴着耳朵，因在晚饭时间集中火力哄骗那些年纪大、不出门以及容易上当的人而嗓音沙哑。看得出来，他是电话推销的好手，能让人接了电话就一直听他讲，迷惑他们，令他们大笑，然后哄骗他们，直到他们乖乖将钱掏出来。

两个老板也在那儿，一个是穿着黄色风衣的矮子，另一个是他圆滑世故的伙伴——一个名叫达利的英俊的无赖。我做了自我介绍。然后他们说，杰西是他们最棒的员工，是“这层楼”里的第一名。我身后传来了难懂的英语，一个口音重得像在演情景喜剧的东欧人的声音；另一个隔间则传来孟加拉口音；还有一个鼻音很重的女声，不时被某人用吸管吸冰块的声音打断，就像是有人在铲水泥地。

杰西高兴地走了过来，左顾右盼。他说：“我们去外面聊吧。”

这意味着他不想我和他的老板聊太久，怕我打探“消防员杂志”是什么。比如，如果有这本杂志，我是否可以拿一本看看？（当然没有。）

当天晚上，我带他到天堂餐馆吃晚饭。如果说我对什么有瘾，那绝不是酒、可卡因或色情杂志；而是就算破产了，也要去餐馆吃饭。

“你有没有看到过那本杂志？”我问。他嚼了一会儿牛肩排，嘴张着。也许是因为我那天的午睡质量很差，但见他在我告诫了四千次以后仍然张着嘴吃东西，我不由得感到一种烦躁的绝望。

“杰西，”我说，“行行好……”

“怎么啦？”他说。

我用嘴唇粗鲁地向他示意。

换作平时，他会用大笑化解（即使并不好笑），说声对不起，然后赶紧转移话题，但今晚他却有点犹豫。我发现他脸色有点苍白，低头看着盘子，似乎在做决定，一个艰难的决定，以克服身体的强烈感觉。他简单地说了一句：“好吧。”但你可以感觉到空气在发热，就像我刚刚打开了壁炉的门又关上了。

“如果你不想我纠正你的餐桌礼仪……”我说。

“没事。”他摆摆手说道，看都不看我一眼。我想，噢，天哪，我不应该嘲弄他。我刚刚做的那个愚蠢鬼脸，冒犯了他的尊严。有好一阵子，我们父子俩都坐在那儿没说话，他嚼着食物，低头盯着他的盘子，我则越发犹疑不决地看着他。“杰西。”我轻声说。

“什么？”他抬起头，但不是那种儿子望向父亲的目光，而更像是《情枭的黎明》（1993）中阿尔·帕西诺看一个混蛋的神情。我们之间的关系已经过了某个阶段，他已经不想再怕我了，也想让我知道这一点。事实上，我们之间的平衡发生了更戏剧性的转化，我开始害怕他会不开心。

我说："你要不要到外面抽根烟，冷静一下？"

"我很好。"

我说："对我刚才的粗鲁，我要说声对不起。"

"没事。"

"我希望你能原谅我，好吗？"

他没有回答。他在想别的事情。

"好吗？"我轻轻地重复了一遍。

"好吧，当然。就这样。"

"怎么了？"我问，语气放得更轻了些。他用手摆弄着餐巾，将它在桌上拂过来拂过去。他是不是想起了詹姆斯·迪恩要绳索的那个场景，在用这个动作拒绝一切请求？

"有时候我觉得，我太容易被你影响了。"他说。

"你这样说的意思是？"

"我认为其他小孩都不会……"他在选择合适的字眼，"这么害怕跟老爸起争执。有些人甚至会直接向老爸说：滚蛋。"

"我绝对不希望我们的关系变成那样。"我说，感觉有点喘不上气来。

"是的，我也不希望。但我是不是应该少受你一些影响呢？"

"你受我影响了吗？"

“这就是我不惹麻烦的原因。我怕你会对我发火。”

我请他吃这顿自己都嫌贵的晚饭，可不是为了听这些。

“怕什么？我从来没打过你。我从来没有……”我一时语塞。

“我就像个小孩子，”他的眼里满是挫败，“我在你身边时，不应该这么紧张兮兮的。”

我放下刀叉，感觉脸上失去了血色。“你不知道，我也比你想象中更容易受你影响。”

“有吗？”

“有。”

“比如什么时候？”

“比如现在。”

“你不认为你对我的影响太大了？”他说。

我一时窒息。我说：“我猜，你希望得到我的赞赏。”

“你不觉得我只是一个害怕你的小男孩吗？”

“杰西，你都快两米高了。只要你想，随时都可以他妈的——原谅我说脏话——把我打个半死。”

“你真觉得我可以？”

“我知道你可以。”

他整个人松弛了下来。他说：“现在我想抽根烟。”随即走了出去。我看到他在落地双扇玻璃门外走来走去，过了一会儿，他回到室内，对侍者说了些什么，逗得对方大笑，随后他走进房间，一位黑发的女大学生一直仔细地打量着他。我看得出他很开心，又开始左顾右盼，蹦蹦跳跳地坐回餐桌前，拿起餐巾抹了抹嘴。

我想，现在我暂时安抚了他，但很快他就会想要更多。

我说："我们能聊聊消防员杂志的事了吗？"

"好吧，"他给自己倒了一杯葡萄酒（通常是我倒酒的），"我喜欢这家餐馆，"他说，"如果我是富翁，我会每晚来这里吃饭。"

很明显，我们之间的关系发生了变化。我知道在不久的将来，我们将有一场交火，而我将是输家，正如历史上无数的其他父亲一样。我抱着这个念头挑了下一部电影。

你是否记得这几句台词："我知道你在想什么——他到底开了六枪还是五枪？好吧，说实话，在这样激动的情绪下，我自己都忘了数了。可这是把点四四口径的麦格农，全世界最具威力的手枪，一发就能把你脑袋轰掉。是时候问问自己的运气好不好了，怎么样？你运气好吗，小子？"

当克林特·伊斯特伍德蒙主召唤的时候，这段话一定会出现在全世界的夜间新闻中，"肮脏的哈里"会拿着枪指着倒霉的银行抢劫犯，并将他痛揍一顿。《肮脏的哈里》这部电影——或者是这段话——将克林特·伊斯特伍德推上美国一线男演员的行列，与约翰·韦恩[①]和马龙·白兰度平起平坐。两年后的一九七三年，一位编剧致电克林特·伊斯特伍德，说他在报上看到巴西行刑队的恶警未经法庭审讯就将犯人杀掉，因此心生一计，想让"肮脏的哈里"发现洛杉矶警局里也有"行刑队"存在。他们最后给这

① 约翰·韦恩（John Wayne，1907－1979），美国演员。

部影片取名为“紧急搜捕令”。

电影开拍了；一年后在圣诞节公映，成绩甚至超过了之前的《肮脏的哈里》；事实上，它在上映头几周为华纳兄弟赚到的钱远多于该公司以前的任何影片。

《紧急搜捕令》（1973）显然是《肮脏的哈里》的续篇中最好的一部，也使观众无可救药地迷上了那支“可以在百码开外爆掉汽车引擎”的枪。

“不过，”我告诉杰西，“我给你放这部电影的原因不是这个。”

“不是？”他说。

我在刚开头的一个场景按了暂停，叫他看屏幕中央。这个场景中，警探“肮脏的”哈里·卡拉汉踏上旧金山阳光灿烂的大街，走向一辆车。遭到谋杀的受害人陈尸其中，头部受到重创。在伊斯特伍德后面的人行道上，有一个长头发、胡子拉碴的男人。

我说：“你能认出他吗？”

“认不出。”

“那是我的哥哥。”我说。

他真的是我已经不再来往的兄弟，电影拍摄期间，他正好路过旧金山。当时他为了加入一个宗教组织，兴冲冲地花了四天开车到西岸。我忘记了那个组织的名字。但当他敲开那个组织的大门时，对方却拒绝他加入。于是他买了一张票进了“默夫·格里芬访谈秀”[1]的录制现场，随后又像来时一样匆匆回了多伦多。

① 美国电视脱口秀节目。

但就在到达西岸的第一天，他逛进了拍片现场。

“那是你的伯父。”我说。

我们仔细地看着屏幕。在蓬乱的头发和杂乱的胡子背后，是一张年轻的英俊面孔，二十五岁，长得像克里斯·克里斯托佛森。[①]

“我以前见过他吗？”杰西问。

“见过一次，那时你还小，他来我们家要个什么东西。我记得我将你推进了屋里。”

“为什么？”

我再看了一眼屏幕。“因为，”我说，“我这个哥哥擅长挑拨离间。你当时才十四岁，我怕他在你面前讲我的坏话，所以让他离你远一点。”

我们随后继续看电影。定格的影像又动了起来，电影继续播放，我的哥哥消失在屏幕上。

“但这不是唯一的原因，”我说，“真正的原因是，我比他弱小的时候，怕他怕得要死。人们总会痛恨那些让自己害怕的人，你明白我的意思吗？”

“当然明白。”

“我不想让这种事情发生在我们身上，”我说，“好吗？”

正是这个“好吗”，给了他一百个道歉或解释都带不来的东西。

所谓的消防员杂志完全是子虚乌有，是一场骗局。几周后，

① 克里斯·克里斯托佛森（Kris Kristofferson，1936－ ），美国音乐人、演员。

当杰西去“上班”时，发现那个地方已经被锁了起来，达利和矮子已经逃之夭夭。他们还欠他几百加币，但他似乎不大在意。这份工作的目的已经达到了，他迈出了不再依赖父母的第一步。我想他本能地知道，经济上的依赖会强化情感上的依赖。

工作机会有的是，不乏更糟的。不久之后，他就找到了这样一份。同样是电话销售，这一次是把信用卡卖给美国南部各州的贫困家庭，包括佐治亚州、田纳西州、亚拉巴马州、密西西比州。他没邀请我去见他的老板。好几个晚上他回到家时，声音都因为不停说话和抽烟而变得沙哑了。我便会问他：“给我解释一下，万事达卡为什么要委托一群戴棒球帽的毛头小子销售信用卡，我不明白。”

“我也搞不懂，老爸，”他说，“但这是行得通的。”

与此同时，丽贝卡变得音信全无——在夜店看不到她，在街上碰不到她，电话也没再打来，总之，到处都不见她的踪影。就仿佛她安装了一个雷达，只要杰西在附近就会发出警报，她随即就消失无踪。她对他说“你再也不会见到我了”的时候，原来是认真的。

一天夜里，我不知为何醒了过来。妻子睡在我身旁，从她脸上的表情看来，她似乎正在解一个数学题。我很清醒，同时忧心忡忡，于是望向窗外。月亮周围罩上了一圈雾气。我穿上晨袍下了楼梯，看见一个打开的 DVD 盒子放在大沙发上。杰西肯定是在我们上床后才回来的，然后看了一部电影。我走向 DVD 机，想瞧瞧他看的是什么电影，但我走近时，突然产生了一种不祥的预感，似乎我跨越了界线，走进了一个危险区域，即将在那儿发现一些我不喜欢的东西。万一他看的是令人恶心的色情电影，我在教育方面的自信就会瞬间粉碎。

但不知是由于一时兴起还是心中烦恼，又或是出于一种想监管他的焦急念头，我还是忍不住打开了DVD托盘。出乎我的意料，是那部小制作香港电影——《重庆森林》，几个月前我曾给他放过。影片中有个纤瘦的亚洲女孩在陌生人的公寓里跳舞。那首歌叫什么来着？哦，对了，妈妈爸爸乐队[①]的《加州梦》，听起来有一种它在六十年代不曾有过的清新和宏大。

我感到一种奇异的警惕，有什么在拉扯我的衣袖，就好像我正看着某样东西，却认不出它究竟是什么，就像是斯坦利·多南[②]的《谜中谜》（1963）中那无价的邮票。它究竟是什么？

从房间的某个角落传来了某种微弱的咔嗒声。我上了楼梯，声音大了点；随后我上了三楼，正准备敲他的门——你不能在深夜不敲门就突然闯进年轻人的卧室——却透过门缝看到了他。

“杰西？”我低声说。

没有回答。房间里一片绿光，杰西坐在电脑前，背对着我，戴着的耳机里传出细微的声音。他在和某人聊着什么。一个私人时刻，咔嗒，咔嗒，咔嗒，但这声音是如此的孤寂——凌晨四点，和远在千里之外的人交流。他们在谈什么？说唱乐、性还是自杀？我脑海中又浮现出一幅画面：他站在一口光滑的井的底部，四周

① 妈妈爸爸乐队（The Mamas and the Papas），美国民谣摇滚组合。
② 斯坦利·多南（Stanley Donen，1924－2019），美国导演。

是灰泥和砖块，没办法爬上来（太滑），没办法冲破（太硬），只能永远地等待有人出现在头顶，露出一张脸，然后抛下一条绳子，才能获救。

而我突然明白了为何这部电影吸引了他的注意，为何偏偏是这一部电影——《重庆森林》。因为里面的美丽女孩使他想起了丽贝卡，而看这部电影就有点像和她在一起。

我下楼，睡觉，做了可怕的梦。一个男孩在一口潮湿的井里，苦苦等待有人来解救他。

第二天下午，我叫了三次他才起床。我上楼，轻轻地摇了摇他的肩膀。他睡得太沉，花了二十分钟才下楼。在午后的阳光中，树叶翩然飘下。那些明亮的金色和绿色营造出海洋般的景象，我们仿佛置身水底。一双跑鞋被恶作剧地挂在高处的电线上，而下方街上的鞋子则更多。一个穿着红色T恤的男孩骑车经过，自行车飞快地碾过大堆树叶。在这样的街景当中，杰西却显得无精打采。

我本来想说“我认为你应该开始健身”，但忍住了。

他取出一根烟。

“拜托，早餐前别抽烟。”

他向前坐，轻轻地前后晃动着他的脑袋。“你觉得我该给丽贝卡打电话吗？”他说。

“你还忘不掉她？”（愚蠢的问题。）

“每一天的每一秒都在想她。我想我犯了一个大错。”

沉默半晌，我说：“我认为丽贝卡是个大麻烦，幸亏你及早脱身了。”我看出他想来一根烟，而且没抽到那根烟的话，他根本难以集中精神。我说：“想抽就抽吧。但你要知道这会让我不舒服。”

烟雾涌进他的肺，他便显得平静了许多(面色似乎更灰暗了)。他说：“我会一直这样子吗？”

“什么？”

“想念丽贝卡。”

我想起了保拉·摩尔斯，我自己的陈年伤心事。因为她，我在两周内瘦了二十磅。“在你找到更喜欢的女人之前，应该都会这样。”我说。

“不会因为交了新女朋友就改变吗？”

“是的。”

“如果对方是个好女孩呢？像妈妈说的那样。”

这个说法——我指的是一位“好”女孩就能使杰西忘掉他对丽贝卡的性渴望——充分显示了玛姬性格中既让人喜爱又让人苦恼的一面。她本在萨斯喀彻温省一个小小的农业社区的高中教书，二十五岁那年决心要成为一名演员，然后辞掉了工作，泪汪汪地挥别父母，乘火车到了离家两千多英里的多伦多来实现她的梦想。

我遇见她的时候，她染了一头绿发，正在演一出朋克音乐剧。但不知怎的，每当她和我们的儿子聊起他的人生，特别是他的“未来”时，她就忘掉了这一切，成了一个滔滔不绝、令人窒息、头脑简单的顾问，说一些“今年夏天你应当进数学夏令营”之类的话。她的忧虑，她对他的幸福的关心，麻痹了她原本丰富而充满直觉的智慧。

她为杰西做的最好的事，就是以身作则，让他感受到慈爱，以及一种“疑罪从无”的态度，这是他的父亲无法给予的——他的父亲有时会草率地加以指责。

一言以蔽之，她让他的心变得温柔。

“你妈妈是出于好意，”我说，“但她是错的。”

“你认为我会沉迷于丽贝卡？”他说。

“倒也不能这么说。”

“如果我再也找不到其他能吸引我的人怎么办？”

我再度想起了保拉·摩尔斯，还有她的离开让我瘦了不少的事情。她一头褐发，牙齿不太整齐，这个瑕疵却赋予她一种怪异的性感魅力。天知道我曾如何想念她、渴望她。承受着怪诞的想象之苦，我有时候会在半夜起来换 T 恤。

我说：“你记得保拉吗？她离开的时候你才十岁。”

“她经常读书给我听。”

“我本以为我在余生中，会不断地记起她，不管我和谁在一起都一样，总会有一种这女人不错、可惜她不是保拉的感觉。”

“然后呢？”

我小心翼翼地选择措辞，以免作茧自缚。“问题不在于让你忘掉她的是第一个还是第二、第三个女人。遇见了对的那个人后，我再也没想起过保拉。”

“那段时间你还真是一团糟啊。”

“你记得那段时间的事？”

“是的。”

“你记得些什么？”

“我记得你晚饭后在沙发上就睡着了。”

“那时候我在吃安眠药。这是一个大错误。”停顿。“有几次你不得不自己上床睡觉，不是吗？”

我想起了那个可怕的春天，阳光亮得晃眼，我像行尸走肉一样穿过公园，杰西担惊受怕地看着我。有一次，他拉着我的手，对我说：“你开始感觉好些了，对吧，老爸？”这个十岁的小男孩在照料他的父亲。天啊！

“我就像《巴黎最后的探戈》里的那个家伙，”杰西说，“他想知道他的妻子会不会穿着晨袍在楼下和别人做爱，就像和他那样。”我能感觉到他犹豫不决地看着我，不确定该怎么接话。“你认为是这样吗？”他问。

我清楚他在想什么。“我不认为想这些事情有什么意义。”我说。

但他需要听到更多安慰。他的目光在我脸上搜索着，仿佛在找一个小小的圆点似的。我记得无数个夜晚，我逼自己躺在床上，想象着最不堪的画面，保拉做这个，保拉做那个。我这样做是为了使我的神经末梢变迟钝，冲向终点线，好不再介意她的手指在做什么或她把什么放进了她的嘴里。等等等等。

“把一个女人忘掉需要一个过程，杰西。这就像手指甲的生长。你可以做任何事，吃安眠药、泡妞、健身或不健身、喝酒或不喝酒，都没有什么差别。你不会这么快就跨过这道坎。”

他望向街对面。我们的中国邻居正在花园里忙活，互相呼唤着。“我本该多等一会儿，找到另一位女友再提分手的。”他说。

“她很可能会先把你甩了。想想吧。”

他凝视前方好一会儿，长长的手肘搁在膝上，天知道他在想什么。

“如果我给她打电话，你觉得怎么样？”

我张嘴回答。我记得保拉离去之后，二月一个灰蒙蒙的早上，我很早就醒了过来，雪花在窗外飘落，我心想，眼前是没有尽头的日子，我总有一天会发疯的。你的儿子也正处在很脆弱的时期，要温柔点。

“你知道她会怎么做，对吧？”我说。

“怎么做？”

“惩罚你。她会死缠住你，等你放松下来，她就会结束这段关系。”

“你觉得会这样？”

“她不是傻子，杰西。她很清楚你想要的是什么。而她不会给你。”

“我只不过想听听她的声音而已。”

“我不信。”我说。不过我看着他不开心的脸，看到他整个人被无力侵蚀的模样，便转而温和地说：“要是你们重新开始的话，你会后悔的。你已经接近终点线了。”

“什么终点线？”

“忘掉她的终点线。”

“不，我忘不掉。我甚至都没有看到终点线。”

“你比你想的要接近多了。”

“你怎么知道？我没有对你不敬的意思，老爸，但是，你怎么会知道呢？”

“因为这样的事我已经经历无数次了，所以我知道。”我毫不含糊地说。

“我永远都忘不掉她。”他说，任凭自己陷入绝望。我觉得皮肤上有一种令我恼怒的针刺感，像汗水一样让人不舒服。不是因为他质疑我，而是因为他不开心，我却无能为力。这使我对他很生气，如同大人想打一个把自己摔伤的小孩一样。他朝我看了一眼，多年前我就见过这种目光。那是一种忧虑的目光，好像在说“哎呀，糟糕！他生我的气了……”

我说：“这就像一个人要戒烟一样。一个月过去了，他喝得酩酊大醉，心想，我他妈在干吗啊？于是重新抽烟，第二根烟抽到半途，他想起了戒烟的原因。但是他已经又抽了起来，停不了手了。于是他会再抽上万根烟，直到又回到不得不戒烟的情况。”

杰西笨拙地抬起手，轻轻地拍拍我的肩膀，说：“我也戒不了烟，老爸。”

第十章

几天以后，我和玛姬一起吃晚饭。傍晚时分我骑自行车到了她在希腊城的住处，但吃过晚饭、喝了几杯后，我可不愿冒险摇摇晃晃地骑车过桥进城。于是我推着自行车上了地铁。

回家的旅程并不长，大约只需十到十五分钟，但我经常坐这一段地铁，感觉它缓慢得令人难以忍受，很后悔自己为何没带本书来读读。我看着窗户上自己的影子，看着身边的乘客来来去去，看着列车嗖地穿过隧道，一抬头，咦，我看到了保拉。她正坐在我对面，车厢里五六排座位开外的地方。我不知道她坐在那儿多久了，也不知道她何时上的车。我对着她的侧影凝视片刻，那笔挺的鼻子和尖尖的下巴。（我听说她矫正了牙齿。）她的头发现在长了一些，但容貌未变，还像那个曾经对我说出可怕话语的她。“我现在倾向于不再爱你了。”这是什么话！会有人这么说话吗？

前后有六个月，还是一年，我已经忘记了，她的离去一直像剧烈的牙痛般折磨着我。我们曾经在深夜如此亲密，说着悄悄话、做着私密的事，而现在，我们在同一辆列车上相对无言。如果是年轻时的我，大概会觉得这件事情很悲哀，但现在看来——我不清楚——它虽然可惜，却是真实的人生。不算很棒，不算可悲，不下流也不可笑，不过平平常常：某些人在你的生命中来了又走了，看似很神秘，到头来却没有一点神秘可言。（他们总得有个去处吧。）

而现在，我在想（一个东印度女人在布罗德维尤站下了车）该怎么让杰西明白这一切，如何才能让他快速地度过接下来几个月、甚至一年，到达那个"快乐的终点"，让他有天醒来，不再感到自己失去了她（那种牙痛的感觉），而只是打着呵欠，抱着后脑勺，怀揣着"今天我要配一把钥匙了，只有一把钥匙实在太危险"或是"我昨晚睡前到底关没关楼下的窗户"之类平凡而令人放松的念头。曾经的热情已经冷却，痛苦的回忆已经如此遥远，遥远到让人难以理解它为什么如此持久、有什么值得大惊小怪的，谁在跟她亲热又有什么所谓（不过看啊——邻居正在种一棵桦树）。

如同锚上的链条突然断开——你不会确切地记得那一刻来临时你身在何方，或者在做什么——你会突然注意到，你的思想又属于你自己了。你的床不再是空了一半的床，而只是你的床！你可以在上面看报纸、睡觉或是……天哪，今天我该做些什么呀？啊，配前门钥匙。对。

怎样才能让杰西走到这个终点呢？

我环顾地铁车厢（一位年轻女子吃着一包薯片上了车），突然发现保拉已经不见了。她已经在前一站下了车。我有点惊讶地意识到，刚才有一阵自己竟然完全忽略了她。我们随着呼啸的列车穿过黑暗的隧道，两个人都——我很确定她也是这样——沉浸在自己的世界里，适应了彼此的存在，并转而漠不关心。这一切不过发生在五分钟间。多么——（什么？）多么奇怪。我觉得应该用这个词，但就连这个念头也马上被取代了。当我推着自行车沿着站台往家走的时候，列车离我而去，我注意到那个吃薯片的女孩戴了牙套。她是张着嘴吃的。

有一天，杰西在中午前起了床，为了庆祝这件大事，我给他放了《007之诺博士》(1962)，007系列的第一部。我试图向他解释007系列电影初次亮相时引发的轰动。它们似乎散发着温文尔雅的味道，其实又很下流。我解释说，在你很年轻的时候，电影会带给你一些特别的影响，给你一种想象的空间，这是你年纪渐大之后难以重新捕捉的。你以后不会再如此“相信”什么了。

现在，每当我去看电影，总会被一些别的事情分心，比如几排之外有个男人在和他妻子聊天，或是有人吃完爆米花后将包装袋扔到了走道上。我还会去留意电影的剪辑、对白及一些不起眼的小配角。有时，我看到有很多群众演员的场景就会想，他们是不是真正的演员，他们是不是喜欢做临时演员，或者，他们会不会因为不在聚光灯中心而不开心。打个比方，在《007之诺博士》开场后不久，通讯中心里有一位年轻的姑娘，她只有一两句对白，此后就在银幕上销声匿迹了。我不禁会想，这些群众场景或派对场景里的演员们后来怎么样了？他们的人生有没有发生什么变化？他们放弃表演转行了吗？

所有这些事情都会掺杂进观影体验中。换在过去，你就算在我的脑袋边开枪，也不会分散我的注意力和我对展现在面前的电影的投入感。我重温老电影，不是单纯地为了再看一次，而是想找回自己初看时的感觉。（不仅是对电影的感觉，而是对一切事物的感觉。）

走到门廊上的时候，杰西看起来摇摇晃晃的。又到了十一月，再过几天就是他的十八岁生日了。这怎么可能？现在，好像每隔四个月就是他的生日，时间仿佛真的在催促我快进坟墓。

我问他昨晚过得如何。好，一切都好，没有什么特别，顺便去看了看朋友。嗯哼。哪位朋友？

停顿。“狄恩。”

“我认识这个狄恩吗？”

“一个老兄而已。”

老兄？（听到这么不符合他性格的话，我就想报警。）他能看出我盯上他了。

“之后你做了些什么？”

“没什么。看了一会儿电视，有点无聊。”他回答的方式就像在试着躲开雷达侦测，或是担心衣服被钉子钩住那样，生怕被人抓住话里的把柄。一个面容未老先衰的女人走过人行道。

“她应该去染个头发。”杰西说。

“今天你看上去有点不对劲，”我说，“昨晚你喝了什么？”

“啤酒而已。”

“没喝烈酒？”

“喝了，一点点。”

“什么酒？”

“龙舌兰。”

我说：“龙舌兰会让人醉一夜。”

“确实是这样。”

又是一阵沉默。这天静止得古怪。天空白得像一块公告牌。

我说：“你昨晚喝龙舌兰的时候是不是嗑药了？”

“没有。”他脱口而出。接着又说：“是的，嗑药了。”

“嗑了什么药，杰西？”

“我不想对你撒谎，好吧？”

“好吧。”

停顿。准备。投球。“可卡因。”

那个未老先衰的女人带着一小塑料袋杂货回来了。

“我感觉很糟糕。”他说。一瞬间，我以为他会哭出来。

“可卡因会让你感觉很糟糕。”我温和地说，将我的手搭在了他瘦弱的肩膀上。

他立即坐直了身体，如同被点了名。“是这样，确实是这样。我感觉很恶心。”

“在哪儿吸的，狄恩家吗？”

“他不叫狄恩。”他顿了一顿，“他叫周周。”

这是他妈的什么名字？“这个周周靠什么维生？”我问。

“他是个白人说唱歌手。”

“真的？”

“真的，绝对是。”

“他是职业音乐人？”

“倒也不是。”

“那么他是个毒贩子？”

又是一阵停顿。就像撤营已久的军队开始重新集结。“昨晚我去了他住的地方。他不停地拿出可卡因。”

“然后你就不停地吸了？”

他点点头，麻木地盯着下面的街道。

“你以前去过周周家没有？”

“我现在真的不想谈这个。”他说。

“我不管你现在想不想谈这个。你以前去过周周家没有？”

“没有，真的。”

“那你以前吸过可卡因没有？”

“跟这次不同。”

“跟这次不同？”

“对。”

过了一会儿，我说：“这个问题我们以前不是谈过吗？”

“可卡因吗？”

我说：“你知道我指的是什么。”

“是的，我们谈过。”

“我说过一旦抓到你吸毒，协议就告吹。房租、零花钱，所有的一切，全没了。你记得吗？”

“是的。”

“你以为我在开玩笑吗？”

“不是，但有一点，老爸。你没有抓到我，是我告诉你的。”

对他这个回答，我一时措手不及。过了一会儿，我说：“你有没有给谁打过电话？”

他看起来吃了一惊。“你怎么知道？”

“这是人们吸毒时常干的事儿。他们会给人打电话，然后后悔自己打了。你打给谁了？你打电话给丽贝卡了吗？”

“没有。”

“杰西？”

“我想打给她。她不在。”他整个人瘫倒在椅子上，“我到底还要难受多久？”

“你吸了多少？”

“整晚都在吸。因为他不停地拿出来。”

我走进房间，从袜子抽屉里拿出一粒安眠药，带着一杯水回到外面。我说：“下不为例，知道吗？你再这样做，就准备受苦吧。”我给他安眠药，让他吞下。

“这是什么？”他说。

“不重要。”我看着他将药吞下，等他能够集中注意力了，才说：“现在，我们不再谈这个话题了，好吧？你知道我的意思吗？”

“知道。”

我一直陪伴着他，直到他因药力发作而昏昏欲睡。这也让他的话变得多起来。

“你还记得纪录片《火山》里的台词吗？”他问，“领事在那里絮絮叨叨地讲着他的宿醉，说听到门外来来去去的人在轻蔑地重复他的名字？”

我说我记得，当然记得。

他说：“今天早上这事发生在我身上了，就在我醒来的时候。你觉得我最后会和那家伙一样吗？”

“不。”

随后他上了楼。我一直看着他，直到他上床躺好。我说：“醒来的时候，你会感觉有些沮丧。”

“你生我气吗？”

“是的，我很生气。”

那个下午，我在房子里转了又转。天黑后，他走下楼来。他饥肠辘辘了。我们叫了外卖，吃完饭后，他擦掉嘴角和手指上的油渍，躺在沙发上。“昨晚我说了一些非常混账的话。”他说，然后他不停地说了下去，仿佛需要以此来折磨自己。“我在周周家的时候，还自以为是摇滚明星。”他发出痛苦的呻吟，“你以前做过这样的事吗？”

我没有回答他。我很清楚，他想诱我入圈套，将我变成共犯。但我不会上他的当。

他说：“我离开周周家的时候，天才刚刚亮。房间里乱七八糟地摊着比萨盒，真是间恶心的公寓，恕我直言，那儿就是一个垃圾堆。我看着镜子里的自己。你知道我身上穿着什么吗？我的头上居然绑了条头巾。”

他沉思了一会儿。“别告诉我妈，好吗？”

“我没打算向你妈妈保密，杰西。你告诉我什么，我都会对她和盘托出。”

他平静地接受了，轻轻地点了点头。既不惊讶，也不反抗。我不知道他在想什么，或许想起了昨晚讲过的一些话、表现出的一些奇怪姿态，以及不足为外人道的虚荣心。然而我想好好安抚他的心灵，让他摆脱眼前的比萨盒和破公寓；周围的人沐浴着晨光醒来，他却刚要坐地铁回家，满脑子都是不堪的景象。我真想把他的里子翻出来，用温水冲洗干净。

但是他的内里是否充满阳光？我想知道。这个步伐轻快的大男孩，我了解他真正的内心吗？我以为我了解，但是有时候听到他在楼下打电话，我还是能从他的声音里听出一些我不知道的东西，一些刺耳的、有时候甚至是粗鲁的东西，于是我情不自禁问自己，这是他吗？或者他只是在装腔作势？还是他面对我时的那张脸才是装出来的？那个在肮脏的公寓里吸可卡因、一副盛气凌人的摇滚明星模样的孩子是谁？我会不会有一天也看到那个我不认识的儿子？

我说：“我有样东西要给你看。”随后走向了DVD机。

他以一种虚弱的、不想惹麻烦的、担心陌生人会突然伸手扇他耳光的声音说：“我认为现在不是看电影的时候，老爸。”

“我知道你不想看，所以我只是给你放一个片段。这个片段出自一部意大利电影。这部电影是我母亲的最爱。以前在我们家的避暑小屋里，她经常一遍遍地放这个电影的原声带。我从码头回家，听到音乐从我们家里飘出来，就知道她肯定正坐在遮蔽式门廊上，一边饮着金汤力[1]，一边听着这张唱片。每当听到这段音乐，我就不由得想起她。它总是让我感觉快乐，我不知道为什么。那是一个美妙的夏日。

“不管怎么说，我想给你放电影的最后一个片段。你很快就会明白为什么。电影里的那个男人由马切洛·马斯楚安尼[2]扮演，他整天花天酒地，夜复一夜挥霍人生，最后在朝阳升起的时候和一大帮派对客出现在了海滩上。你说周周的公寓里满地都是比萨盒时，我想到了这场戏。

“他在海滩上，宿醉未醒，仍然穿着派对时的衣服，这时他听到一位年轻姑娘在叫他。他扭过头看她，然而他听不到她在说什么。她是如此美丽、如此纯洁，就像大海和明亮早晨的化身，甚至很可能就是他自己的童年的化身。我希望你能看看这个片段，并记住它：这个家伙，这个天天出席派对的家伙，他的人生显然已经达到了顶峰，即将走下坡路。而他清楚这一点，海滩上的姑娘也知道。然而你呢？你的人生才刚刚开始，一切才刚刚展现在你面前，是你自己在浪掷光阴。”

我放起了费德里科·费里尼的《甜蜜的生活》（1960），然后

① 一种鸡尾酒。

② 马切洛·马斯楚安尼（Marcello Mastroianni，1924－1996），意大利演员。

跳到最后一个场景，马斯楚安尼行走着，脚踝陷进沙里，而在五十码开外，那个姑娘正隔着一小潭水呼唤他。他耸耸肩，用双手示意：我不明白你在说什么。他转身走开，他的朋友们在等着他。他挥手向姑娘说再见，样子很奇怪，手指弯曲着，看起来好像他的手僵硬了，他也僵硬了。姑娘目送他远去，仍然面带微笑，这微笑透着仁慈和理解，之后则变成一股坚定。她好像在说好吧，如果那就是你想要的人生。然而之后，她缓缓地转过头直面镜头。这道目光对观众说："那么你呢，你的人生又如何？"

"关于可卡因，我唯一想对你说的就是，"我说，"结局永远是这样。"

第二天早上，我们看了《生活多美好》(1946)。一开始我就知道杰西不会喜欢这部电影，那种过火的表演、那种虚假还有詹姆斯·斯图尔特[①]自知惹人爱的形象，杰西不会吃这一套。尤其是在他目前的状态下，在他眼中，世界就像是某种——我们在他那个年纪叫它什么来着——哦，对了，"超大的商场地下打折区"。

可当电影的情节变得灰暗、詹姆斯·斯图尔特也随之变得阴暗（他真的很会惹麻烦，像那种在父母请客的场合把酒泼在客人脸上的人）的时候，我知道杰西会情不自禁地上钩。为了自己，他也得知道电影是如何结束的，因为这时屏幕上的故事已经变成了他的故事。有谁，哪怕是吸过可卡因、喝了龙舌兰而宿醉不醒的毛头小子，能够拒绝这部电影的最后时刻呢？

① 詹姆斯·斯图尔特（James Stewart，1908－1997），美国演员。

他在圣克莱大道的一家餐馆找了一份洗盘子的工作，那地方就在我长大的那个社区的边上。是店里的备菜厨师，一个脸颊红红的高个子少年给他找的。那人叫杰克什么的，是一个“说唱歌手”。(现在似乎人人都是玩“说唱”的。) 我一直不知道他姓什么，但有时上完夜班后，他们会一起来到我位于唐人街的家里，然后在地下室里即兴表演，再三重复和润色他们那十分暴力、粗俗的(更别说是抄来的) 歌词。我想，你总得先迈出第一步吧。反正逼他们听披头士的《我想握住你的手》也没什么意义。

我从来没想过他洗盘子的工作能坚持四天。一个洗碗工[1]。我这么说，不是在指责他什么事都做不长或娇生惯养，而是因为那份工作——无情的餐饮业中最低的一级，整整八个小时面对肮脏盘子和结了硬块的锅——我实在无法想象他起床、穿好衣服、挤地铁，然后一直干这种事情直到深夜。

可正如人们经常对自己的子女所做的那样，我再次错看了他。你会认为自己比其他人更了解他们，这么多年来上上下下楼梯，给他们掖好被子，看他们难过、开心、无忧无虑、担心——然而你并没有那么了解他。说到底，他们总有些地方让你永远无法想象。

六个星期之后——我几乎不敢相信——一天午后他起了床，大模大样地踏着欢快的步子走进厨房说：“我升职了。”原来杰克

① 原文为法语。

辞职去了另一家餐馆，而他，杰西，成了新的备菜厨师。我对他稍稍松了口气。很难说清这解脱感具体从何而来。我想，我知道这点就够了：只要他肯做，就算最差劲的工作他也能做，而且还能够做成功。（不像他的老爸。）

冬天来了，天黑得很早，模糊了窗外。深夜，我留意到屋顶上有薄薄一层雪，有点童话世界的色彩，一栋栋房子犹如商店橱窗里的糕点。如果行人在深夜经过我家地下室的窗口，他会听到两个男孩——他们白天是厨师，晚上是说唱歌手——愤怒的声音。他们为屈辱地生长在贫民窟、吸食海洛因、抢劫商店、贩卖枪支发声，为老爸是毒贩、老妈是吸毒的妓女发声。真是对他童年时代的完美描绘！（杰克的父亲是一个重生的基督徒，会认真勤勉地上教堂。）

从我所站立的地下室的楼梯口处（我某种程度上是在偷听），我不禁注意到他们的歌声开始变得有点——怎么说呢——酷了。他们俩，两个身材瘦长、不甚协调、穿着宽松衣服的少年，有着很好的化学反应。天哪，我想，或许他真的有才华。

一个无云而寒冷的冬夜，地下室散发出兴奋的气氛——响亮的音乐，刺耳的说话声。“堕落的怀旧”组合（他们这样称呼自己）冲了上来，戴着棒球帽，系着方巾，穿着松松垮垮的裤子，架着太阳镜，还套了宽大的连帽卫衣。两个坏家伙要去参加他们的第一次演出了。

我能去看吗？

门儿都没有。一点机会都没有。

他们出门去了某个地方，杰西的头朝后仰着，好像一个在和洛杉矶警察打交道的黑人。

而他们似乎很快又有了一轮表演，随后他们就一次接一次地在天花板很低且未强制执行戒烟条例的肮脏夜店里表演。

“你认为我们的歌词写得怎样？”一天，杰西这样问我，“我知道你听过我们的歌。”

几个星期前，我就知道这种事情会发生。我眼一闭心一横，豁出去了。“我觉得歌词很出色。”（给小树苗浇浇水就好，T·S·艾略特什么的就省省吧。）

“真的吗？”他那褐色的眼睛扫过我的脸，寻找着我话中的漏洞。

“我可以提个建议吗？”我说。

他面露疑色，脸色沉了下去。于是我知道我说话要小心一点了。这可是人们五十年后都会记得并且会拿它写文章的那种话。我说：“也许你们应该写写更贴近你们自己生活的歌词。”

“比如？”

我假装思索了一阵。（这个部分我早就排练过。）“你们最有感触的事。”

“比如说？”

“比如说吧，呃，丽贝卡·吴。”

“什么？”

“写一写丽贝卡。”

“老爸。”杰西说，语气如同在对一个酩酊大醉却想驾着家中的车子在午夜狂飙的叔叔说话。

“你知道劳伦斯·杜雷尔[1]说过的话吧，杰西。若想忘掉一个女人，就将她写进文学作品里。”

几周后，我无意间在楼梯顶听到他们说起晚上该去哪儿表演。那是一场午夜后的演出（同半打其他表演者一起），在一个我三十年前泡过妞的地方。

我耐心等待，直到十一点半才溜出家门，冲进雾茫茫的夜色里。我从公园抄近路（感觉自己像个贼），穿过唐人街（垃圾倾倒夜，猫儿四处出没），随后沿着街走，一直走到夜店的门口。那儿站着十多个年轻人，他们在吞云吐雾，将满肺的烟喷到夜空中，喧闹地嬉笑着。吐着痰。每个人都在吐痰。

我看到了他，比他大多数朋友都高出一个头。我悄悄地溜进了街对面的一家咖啡馆里，以便关注任何风吹草动。这是唐人街的周六夜晚：到处都是电光绿色的龙形霓虹灯，装着丑陋荧光灯的小餐馆通宵营业。街的对面，这座城里的可怜人正裹着毯子，在教会慈善组织前方徘徊。

五分钟过去了，十五分钟过去了。其中的一个男孩俯下身——像是在和夜店里站在楼梯上的某个人说话。随后杰克出现了。他如此青春洋溢，看起来就像是一个唱诗班男孩。所有人都转向了他。霜气。寒战。随后，突然间，全部的男孩子都拥了进去，最

① 劳伦斯·杜雷尔（Lawrence Durrell，1912－1990），英国小说家、诗人和剧作家。

后面的那个将烟蒂抛向马路，划出了一道长长的优美的弧线。

我一直等到那块地方没人，才飞快地穿过繁忙的街道，小心翼翼地迈上楼梯。我感觉到空气变了，越来越暖和，味道越来越浓(像小狗和发酸的啤酒)。我听到一间后屋在播放录制好的音乐。他们还没上场，我决定先在外面等着，直到表演开始再悄悄地溜进去。我走到楼梯口，转了个弯。一个正在打付费电话的人抬起头来对上我的视线。是杰西。

“我等会儿再打给你。”他对着听筒说，然后挂了电话。“老爸。”他说，仿佛在向我打招呼。他朝我走来，面带微笑，用身体拦住了进去的路。我只好越过他的肩膀往里望。

“是这个地方吗？”我问。

“今晚你不能来，老爸。以后可以，但今晚不行。”

他温柔地转过我的肩膀，陪我一起走下楼梯。

“我记得滚石乐队在这儿表演过。”我一边说，一边满怀期望地回头看。但他强壮的手臂（他力气真大！）推着我下楼，一路下去，直到人行道上。

“我就不能留下来听一首歌吗？”我恳求道。

“我爱你，老爸，但今晚真的不是你该来的时候。”他说。(这不就是《码头风云》中的最后几句台词吗？就是马龙·白兰度在出租车后座对他哥哥说的话。)“改天吧——我答应你。”他说。

二十分钟后，我悄声钻进了床铺，听到妻子在黑暗中翻了个身。“被逮到了，是不是？”她说。

第十一章

那是某晚杰西偶然说起的。当时我们刚吃完饭往家走，在一间摇摇晃晃的平房前徘徊了一阵。我们在这儿住过，当时他还是一个有着紫色头发的小男孩，而他的小女友住在这条街上。

“你后来回来过吗？”我问。

“没有。自从别人住进去后，我就不再喜欢它了。总感觉被人侵占了似的。”

房子毫无变化——但也不尽然，屋前多了一道破旧的尖栅栏。“我从来不知道这房子原来这么小。小时候我还以为它很大呢。”他说。

我们多待了一会儿，聊起他的妈妈和他因为在街对面的学校墙上涂鸦而被抓的事。我们慢慢地往南边回家的方向走，心里暖暖的。

那晚，我仍然沉浸于这样的谈话中，于是匆匆走进音像店，租了《美国风情画》(1973)。我没告诉他这是什么电影，因为我知道他会抗议，或者会要求看一下 DVD 盒子，然后从封套上面找出一些他不喜欢或是会使电影显得“非常过时”的元素。我已经有二十年没看过这部电影了，其实也担心它的魅力和光芒会因时间流逝而消散。但我错了，这仍是一部令人心醉神迷的电影，充满了我以前观看时没有看出来的深长意味。(好的电影总是比我当初所想的更有思想，至少在成形过程上是如此。)

《美国风情画》并不只是讲述了周末夜晚发生在一帮小孩身上的故事。我非常喜欢年轻的理查德·德莱弗斯[1]来到当地电台的那场戏，狼人杰克[2]如往常一样，正在用沙哑的声音主持节目——这一段精彩至极。德莱弗斯突然明白宇宙的中心是什么了：它不是一个地方，而是象征着不愿错过任何事物的欲望。换句话说，那不是某个你能前往的地方，而是某种你想要进入的状态。同时我也很喜欢那个开着改装高速车的家伙所说的话。他说以前要耗掉满满一箱汽油才能“做”一次环城兜风，现在只要五分钟就结束了。他并不知道这句话概括了童年的逝去。回首时，这个世界已然缩小了。(就像杰西眼里的那栋老房子。)

我不想因为聊普鲁斯特和《美国风情画》而被嫌弃。可如果不这样，你要怎么解释为何那位驾驶雷鸟汽车的美女一直在德莱弗斯的视线边缘进进出出呢？当然是利用普鲁斯特的“占有与欲

---

① 理查德·德莱弗斯（Richard Dreyfuss，1947－ ），美国演员。

② 狼人杰克（Wolfman Jack，1938－1995），美国电台主持人、音乐人，在本片中扮演自己。

望互斥”理论：如果某个女孩看起来像“真命天女”，那么她一定可望而不可即。

“你认为这是真的吗，老爸，你不能同时拥有一个女人又对她充满欲望？”杰西说。

“不，我不认为。但我在你这个年纪的时候经常这样想。每当一个女孩过于喜欢我的时候，我就不能长久地拿她当回事。”

“后来你有了什么变化？”

“变化之一就是，我学会了感激。”我说。

他神色忧郁地对着空荡荡的电视屏幕思忖了一会儿。“丽贝卡·吴就像那个雷鸟车上的女孩，对吗？”

“没错，但你一定要记住这是双向的。就像你以前的女友克莱尔·布林克曼，那个穿溜冰鞋的女孩。你认为她在你们分手后会如何看你？”

“就像一个开雷鸟的小子？”

“很可能。”

“但是老爸，难道这不是意味着如果我没有和她分手，她也不会这么喜欢我吗？”

“这意味着得不到你的话，她可能会比通常情况下更喜欢你。”

又一个若有所思的停顿。“我认为丽贝卡并不在乎能不能得到我。”

“但愿她不会。”我说，然后将我们的注意力引向其他事。

有一次，我问大卫·柯南伯格，他看电影是否有“心虚的愉悦”——有些电影，你明知道是垃圾，但无论如何就是喜欢看。我下了一个套，希望他承认茱莉娅·罗伯茨[①]主演的《漂亮女人》(1990)是自己的软肋。那部电影里没有任何一刻是可能发生在现实世界的，但它的叙事手法却能在不知不觉间给人留下深刻印象，令人愉悦的场景一个接一个，一旦掉进它愚蠢的圈套里，你就会无法自拔。

“基督教电视节目。”柯南伯格毫不犹豫地回答。肥头大耳的南方福音传教士对大众宣教的场景有催眠他的功能。

由于担心这个电影俱乐部开始变得有些刻板（我们已经一连放映了五部新浪潮电影），我列出了“心虚的愉悦”片单，准备在二月的第一周播放这些作品。我同样想让杰西丢掉无法欣赏庸俗电影的粗鄙想法。你要学会纵情享受这些东西。

我们从《洛奇3》(1982)开始。我说汗流浃背的T先生[②]在他那间肮脏的斗室里做仰卧起坐和引体向上的场景很廉价，但却让人无法抗拒地兴奋。他可不需要咖啡色的地毯和娘娘腔的拿铁咖啡！我们紧接着看了吉恩·哈克曼一九七五年主演的黑色电影《夜探毒龙潭》，十八岁的梅兰尼·格里菲斯[③]扮演一位淫荡的早熟少女。她那“年纪较大的”男朋友远远地看着她，对哈克曼说：“得有法律管管。”面无表情的哈克曼回答：“有啊。”

随后我们放了《女囚尼基塔》(1990)，一部讲述毒瘾美女变

① 茱莉娅·罗伯茨（Julia Roberts，1967－ ），美国女演员。

② T先生（Mr. T，1952－ ），美国演员、保镖、前职业摔跤手。

③ 梅兰尼·格里菲斯（Melanie Griffith，1957－ ），美国女演员。

身政府雇用的职业杀手的荒唐电影。然而这部电影还是有些可谈的——它具有某种低智的吸引力，也许是因为看起来太过瘾了吧。吕克·贝松是当时当红的年轻法国导演，他似乎天生就懂得如何摆放摄影机。他要的就是紧凑的视觉体验，精彩到让你原谅那些缺乏说服力的愚蠢情节。

看看电影是如何开场的——三个家伙出现在街上，拉着他们的一个好友。看着就像一段音乐录影带，有着加里·库珀主演的《正午》般的迷幻变奏。还可以谈谈它的暴力场景：留意药店里的那场枪战——你几乎可以体验到子弹横飞时的飕飕风声。

但是《女囚尼基塔》只不过是热身。现在我们准备看"心虚的愉悦"之王，一部别人在你家看到都会让你蒙羞的真正的垃圾影片。这就是淫乱、愚蠢、丑陋的《艳舞女郎》，一部为达目的不择手段的电影，会让所有的观众都难以置信地摇头。我们不禁会问，这个离家（如果那也算是家的话）出走的年轻姑娘到拉斯维加斯当脱衣舞娘的故事接下来该怎么讲呢？这片子是准备了很多裸露镜头给那些想看的观众，可是等到影片结束时，你已经不会想看，也没法再看了。

"《艳舞女郎》，"我对杰西说，"是电影史上的一个异数，让你喜欢得于心不安，因为它完全没有任何可取之处。"

《艳舞女郎》上映后遭到了影评人和观众的大范围质疑与嘲笑。主演伊丽莎白·伯克利[①]的明星生涯还没开始就已经结束了；

① 伊丽莎白·伯克利（Elizabeth Berkley，1972－ ），美国女演员。

而出演过《蓝丝绒》（1986）的老牌演员凯尔·麦克拉克伦[①]脸谱化的“娱乐总监”一角也让他颜面尽失。一夜之间，《艳舞女郎》登上了每个人的“一九九五年烂片榜”的首位。放映变得充满互动，因为总有陌生人对着银幕破口大骂。

然而最高的赞赏来自纽约的男同性恋群体，那些变装皇后们会穿上和电影里一样的戏服，在放映着这部大师之作的银幕前，以对口型的方式进行现场演出。这简直是自《亲爱的妈咪》(1981)以来最有趣的事了。

我叫杰西计算一下伯克利女士愤怒地跑出房间的次数。我让他注意她拔出弹簧刀刺向出租车司机的那个场景。一场很特别的表演。

“很有教育意义的可怕场景。”杰西说。他的表达能力逐渐提高了。

“《艳舞女郎》，”我总结道，“是一部看完后会让所有人成为直肠病学家的电影。有些人坚持认为《外太空计划 9》（1959）才是有史以来最糟糕的电影，但那不过是因循守旧的看法。我投《艳舞女郎》一票。”

大约放到伯克利女士在一家脱衣舞夜总会舔钢管的时候，我才意识到我对《艳舞女郎》的介绍远远长于我对《四百击》和整个法国新浪潮的介绍。

我们以《潜龙轰天》（1992）继续“心虚的愉悦”之旅，这

① 凯尔·麦克拉克伦（Kyle MacLachlan，1959– ），美国演员。

是部情节荒诞但好看的影片，里面有两个坏蛋，加里·布塞[①]和汤米·李·琼斯[②]，两人都是优秀的演员，都把剧本吃透了，拿出了真本事。你简直可以想象在拍片的间隙，他们肯定都笑得双膝跪地。我叫杰西留意一个场景：布塞被指控淹死了他的船员同事，而他的回答竟然是："反正他们从来没有喜欢过我。"

最后，我们租了《沃尔顿一家》的头几集来看。我希望杰西听听每集结尾的独白，叙述者会以回忆录的风格、成年人的观点来总结发生的一切。我问他为什么这些独白如此有力。

"什么？"

"它们能让你怀念起一种你从来没有过的生活，这是怎么做到的？"

"我不知道你在扯什么，老爸。"

杰西和他的三个伙伴要驱车去蒙特利尔看一场说唱秀，这让我紧张不安。我给了他一百加币，告诉他我爱他，然后看着他兴奋地冲出了前门。我向他大喊的时候，他正穿过院子，他的三位伙伴冷静地坐在车上等他，那辆车是其中一人从他爸那里借来的。

我不知道自己对他说了什么，但这成功地让他穿过冰冷的院子走了回来。我只想把他拖上个十五秒或二十秒，这样如果有什么坏事要发生的话，他就可以躲过了——几步路、几秒钟，就因为这么一点点时间而逃过一劫。

---

① 加里·布塞（Gary Busey，1944－ ），美国演员。
② 汤米·李·琼斯（Tommy Lee Jones，1946－ ），美国演员。

下个星期一晚上，他很迟才回家，并且带回了一个奇怪的故事。他看起来很糟糕，皮肤上像是要冒出大片疹子。他说："和我们一起去的有杰克的一个朋友。一个胖胖的黑人。我以前从未见过他。在车上我坐在他旁边，我们开出多伦多一百多英里时，他的手机响了。你知道是谁打来的吗？丽贝卡。是丽贝卡·吴。她现在住在蒙特利尔，在那边上大学。"

"天哪。"

"黑哥们儿开始和她聊天，就在我旁边。我想读会儿书或往窗外望望——我不知道该做什么。我无法冷静下来好好地思考。我想我要发心脏病了，或者我的脑袋就要爆炸了，就像有部电影里的那个家伙……"

"《夺命凶灵》。"

"然后他对着电话说：'杰西·吉尔莫在这儿。你想和他聊聊吗？'之后他把电话递给了我。果然是她，我一年没见她了，可忽然之间，她出现在了电话那头。丽贝卡。我的丽贝卡。"

"那么她说了什么？"

"她开了一些玩笑，调了一下情，跟着，你知道，典型的丽贝卡。她说：'哇噢！真是一个惊喜。完全出乎意料。'于是她问我，我到蒙特利尔后住哪儿。我说住宾馆，她说：'今晚你有什么安排？我想，你不会只待在宾馆里吧。'

"我说：'我不知道。这取决于我身边的这些家伙。'她说：'好吧，我会去一家夜店——你来不来？'

"我们花了六七个小时才到达蒙特利尔。也许更长——那儿下雪了。我们到了那儿，住进了宾馆。那是一个破旧的地方，像家二流的假日酒店，但它恰好在市中心，在学生住的贫民窟里。”

“于是你出去了，并且买了一吨的啤酒——”

“我们出去了，并且买了一吨的啤酒带回宾馆。我们全都住在一间房里，那个认识丽贝卡的黑人睡折叠床。那晚大约十点或十一点钟——”

“你们一个个都有点醉了。”

“我们全部都有点醉了，然后出去找那家酒吧，丽贝卡提到的夜店。它在圣凯瑟琳街的尽头某处。那里满是学生。我本该知道那意味着什么，但却忽视了。我们打算进去，一个留着胡子的大块头向我们要身份证。我没有带，其他人出示了。结果，他们全都进去了，只剩我被挡在门外。我甚至对他说，我的前女友在里面，我很久没见过她了……可以找的借口我都用上了，没用。于是我一个人站在门外，站在人行道上，而我所有的朋友都在里面，丽贝卡也在里面。我想，这是我有史以来遇到过的最残酷的一件事了。

“但之后丽贝卡走到了门口。她看起来很美，比以往任何时候都美，漂亮得令人吐血。她跟门卫攀谈起来，你知道她的，说着说着，她靠近他，抬起头来，眨巴着眼睛。这就搞定了。那家伙，那个守在门口的大个子，接受了她的请求，脸上浮现出尴尬的微笑，并没有看我或她，只是拉开绳子让我进去了。”

“哇噢。”（除此之外我还能说什么呢？）

他继续说下去：“我坐在丽贝卡旁边的一张凳子上，痛饮了好几杯——”

“她也喝了很多吗？”

“没有，不过她也在喝。丽贝卡不需要喝很多。”

“之后呢？”

“我喝得醉醺醺的。真的，真的酩酊大醉。然后我们争吵起来，冲着对方大叫。酒保打断了我们，然后门卫走过来，叫我们两个离开。于是我们出去了，来到了人行道上。

“雪已经不下了，但天气仍然非常寒冷，蒙特利尔式的冷，你可以看到自己呼吸时喷出的气。我们仍然在争吵。我问她是不是还爱我。她说：‘杰西，我现在没法和你谈这个，我实在不能。我现在正和别人同居。’她拦下一辆出租车，坐了进去。”

“你后来又再见过她吗？”

“后面发生的事情还多着呢——别担心。”他顿了顿，凝视着对街，好像忽然记起了某些事情，比如突然间认出了站在自己面前的人。

“什么事？”我警觉地说，声音里带着怒气。

“我那样问她，问她是不是还爱我，是不是显得懦弱无能？”

“不。不过你知道——”我在想该如何措辞。

“知道什么？”他马上问道，好像我的衣服下面藏着小刀似的。

“就是过去这一年来，我一直在说的那句话——永远别在酒精的影响下谈重要的事情。”（天哪，我在说些什么啊。）

“但只有喝了酒才会想谈那些事啊。”他说。

“对，这就是问题所在。无论如何，继续说下去吧。”

他继续说了下去："我们回到宾馆，我们四个人。有人带了瓶龙舌兰回来。"

"天哪。"

"第二天早晨，我在宾馆的房间醒来时头痛得厉害。地上到处丢满了啤酒瓶，而我还穿着昨天的衣服，身上的钱全部花光了。这都没关系，但我心里还在想自己问了丽贝卡是不是还爱我这件事，以及她说'我现在没法和你谈这个'，然后钻进了出租车。"

"真可怕。"

"我应该回到床上继续睡觉的。"

"对。"

"我一定已经想过了一百万次，如果再和她相遇，我要和她说些什么，结果却是这样。"

他凝视着对面的房子，问我："你以前做过这样的事吗？"

"接下来发生了什么？"

"我们出去吃了早餐。我的宿醉肯定还没好转，因为我回到宾馆时，把吃的全吐了出来。"

"你怎么付的早餐钱？"

"我向杰克借了一些。别担心——我会搞定这些的。"

他不再说话，点起一根烟，吐出烟雾。"我不记得第二天我们做了什么——我想，我们或许去了皇家山公园。但我记得天气非常冷，我没有带够上衣，也没手套。我们在那儿逛了一会儿——那儿聚了一些学生，我们本以为会是个泡妞的好地方——不过只有大风呼啸着穿过小山，吹着我的裤管。

“那晚我们去看了说唱秀，它相当不错，只不过我一直在找丽贝卡。我可以感觉到她就在现场，我知道她在那儿，但我看不见她。第二天早上，那个肥胖的黑哥们儿说他要去丽贝卡那儿拿一点东西，包裹之类的。”

“你跟他去了吗？”

“我想见她。所以为什么要假装呢？”（他比我勇敢，我想。）

“我们去了她住的地方。她和男友同居的地方。当我们坐电梯上去的时候，我对自己说，这是她每天乘坐的电梯，这是她每天走过的大厅，这是她住所的门……”

“天哪，杰西。”

“她不在。她男友也不在，只有她的一个室友在。她让我们进去了，我四处看了看，偷偷瞥了一眼她的卧室。我情不自禁地偷看了。我想，这是她睡觉的地方，这是她早晨更衣的地方。随后丽贝卡出现了。她看起来就像在镜子前花了一个小时打扮，精心挑选了衣服。”

“很可能真是这样。”

“我坐在角落，看着她和别人聊天，像平时一样。她和每一个人聊天、开玩笑，除了我。”

“之后呢？”

“然后我站起来，离开了那儿，之后我们就回来了。”

“那一定是段漫长的旅程。”

他心不在焉地点点头。想必他又沉浸到和丽贝卡站在冰天雪地的街头，问她还爱不爱他的情景中去了。

第十二章

然后太阳出来了。在我们刚看完一部黑泽明后。这部电影只能是《乱》。杰西似乎比以往更投入，他喜欢片中的战争场景，喜欢不忠的情妇被斩首的一幕；而最后一个场景，那个瞎了眼的傻子磕磕绊绊地步向悬崖边缘的画面让他心醉神迷。

在过去几天里，杰西的举止发生了变化。他身上出现了那种年轻人对某件事有所期盼时的热切。触手可及的一件事。我在想，是不是因为天气——这美丽的春天、金黄色的日子、潮湿土地的气味、渐渐消退的冬日严寒——他才变得如此透明，如此昂扬。我感觉到，不管是什么原因，这原因一定是很私密的；然而与此同时，他又极想找个人谈论它。我知道，直接发问会吓到他，逼他把秘密藏得更深，我必须消极地等待，等待一个时刻，一个我的一瞥就能吸引他的眼睛、像钩子一样将整个故事从他那里拉出来的时刻。

我们坐在门廊上，《乱》里的熊熊烈火慢慢消失，鸟儿在叽喳啼啭，我们的中国邻居正在她的花园里忙活，为她的藤蔓植物和神秘水果搭架子。她快八十岁了，还穿着美丽的丝绸外衣。空中，圆圆的太阳在这非同寻常的季节里，倾泻出灼热的光芒。

“三月的时候，”我以尽可能平淡的声音说，“人们常常以为冬天结束了。不管你在这儿生活了多少年，你仍然会犯这同一个错误。”我看到杰西几乎没怎么在听，于是继续讲下去，“你说，好吧，这下冬天应该算走了呢，可是，杰西，你刚说完这话，接下来就怎么着？”

他没有回答。

“我告诉你接下来怎么着。天开始下雪。然后雪就下个不停。”

“我交了一个新女友。”他说。

“春天是个狡猾的季节。”我说。（连我自己都不耐烦起来。）

他说：“还记得你跟我讲过你的老朋友阿瑟·科伦内的故事吗？那个夺走你女友的家伙？”

我清了清嗓子。“那没有什么，儿子——那已经是很久之前的事情了——但他并没有真的夺走她。是我自己还没有做好准备就让她离开了，就是这样。”

“我明白，我明白。”他说，（他是不是藏起了一丝微笑？）“我也遇到了类似的事情。”然后他问我是否还记得他的朋友摩根。

“他是你工作上的朋友。”

“那个戴棒球帽的家伙。”

“哦噢，那个家伙。”

"他有个女友，克洛艾·史丹顿－麦凯布。高中时他们就在一起了。他对她老是漫不经心。我经常对他说：'你应该好好对她，摩根，她真的很漂亮。'然后他总说……"说到这里他开始模仿那个笨蛋摩根的声音，"'噢，随便吧。'"

我点点头。

"她在金斯顿[①]上大学，主修经济学。"

"她还和摩根在一起吗？"

"摩根挺酷的。"他脱口而出（含糊其辞），"不管怎么说，他们在一年前分手了。几天之后，杰克，我们乐队的那个家伙——"

"又一个戴棒球帽的家伙。"

"不，戴帽的那是摩根。"

"我开玩笑的。"

"杰克是脸颊红红的那个。"

"我知道，知道，继续说。"

"有天晚上，杰克给我打电话，说他在酒吧里碰到了这个女孩，克洛艾，而她不停地跟他提起我，说我是一个如何如何可爱的家伙，我这个人如何如何有趣，以及我的种种。"

"是吗？"

"奇怪的是，老爸，那天晚上上床以后，我在黑暗中就一直想着，如果我跟她在一起、和她结婚会怎么样。我几乎对她一无所知，只是在一些派对和几家酒吧里见过她，但没有特别的事发

① 加拿大城市。

生，我也没有单独和她在一块儿待过。”

“这通从天而降的电话还真不错。”

“是的，很显然。不过一周后，她和摩根复合了。这多少让我有点失望。不过也不是太失望，我还有其他女朋友。但是……好吧，我是有些失望。实际上是，相当失望。”

他怔怔地看着街对面，二楼的临时晒衣绳上搭着几张床单，还有小孩子的短裤。你可以感觉到街上吹来的温暖微风。

他继续说下去：“一天，摩根跟我说——那是在下班后，他有点醉——他说：‘我女朋友迷上过你，大概有一个星期。’然后他大笑起来，好像整件事只是个笑话。我也跟着大笑起来。

“在那之后我见过克洛艾几次。她很喜欢调情，不过她还是和摩根在一起。我有时站在酒吧里，会感觉有只手拍了拍我的后背，回头一看，会看见一位金发女孩刚从我身边走开。我有次问摩根——我问他，如果我约她出来，他会怎么想，他说：‘好啊，我不在乎。我只是喜欢和她睡觉而已，仅此而已。’只不过他的原话不是这个。”

“我相信。”

“但我还是相当留意别亲近她。我不愿意摩根笑话我说：‘我就算不要她了，你也得不到她。’”

“好极了。”

“所以，”他凝视着街对面，似乎想要聚集力量，找一个支撑点来让接下来的故事显得合理，“上个周末，我去了皇后街上的一家酒吧，那里很像是《穷街陋巷》里的场景。我刚冲过澡，梳了头发，穿了一套新衣服，感觉相当棒。当我走进酒吧，就听到了我非常喜欢的一首歌，一时之间我感觉自己能够得到这个世界上任何想要的东西。然后我看到了克洛艾，她每周末都来这儿玩。她和朋友们坐在一张桌子边，他们全都说：‘哦，克洛艾，瞧瞧那是谁！’

“于是我走了过去，吻了吻她的脸颊，打了个招呼：‘嗨，克洛艾。’不过，我没有在那儿逗留太久。我走到酒吧的另一头，独自喝起了酒。过了一小会儿，她走了过来。她说：‘出去和我抽根烟吧。’

“我们到了外面。我们坐在酒吧前面的围栏上，就这样，我忍不住说：‘我真想吻你。’

“她说：‘真的吗？’

“我说：‘嗯。’

“接着她说：‘摩根怎么办？’

“‘我会搞定摩根。’我说。”

“那么，他知道了吗？”

“第二天我告诉他了。他说……”杰西将声音降低了八度，“‘无所谓。我不在乎。’但那晚下班后，我们出去喝了啤酒，他很快就酩酊大醉，说：‘你现在一定觉得自己挺狠的，因为你和克洛艾在一起了，不是吗？’

“不过第二天他给我打了电话。这多少有些可悲，但也非常有勇气。他说：‘听着，哥们，我只是觉得你和她在一起有些奇怪。’

"我说：'是的，我也这样认为。'"

他点起一根烟，坐在椅子的另一端。

"这真是一个了不得的故事。"我说（对面晾晒的衣服在微风中飘动）。他向后靠着，直直地凝视前方，天知道是不是在幻想和克洛艾一起上分娩呼吸法课程或者和埃米纳姆一起巡演。

"你觉得摩根和我能挺过去吗？我是指我们之间的友谊。你和阿瑟·科伦内就没事。"

"我必须诚实地跟你说，杰西，女人可能会引发流血事件。"

"何以见得？"他说。他还想再聊聊克洛艾。他把故事讲得太快了。

对我们两人来说，这都是一个美妙的夏天。我得到了好几份工作（看来要渐渐忙起来了）：客串了几次电视节目，去了一次哈利法克斯[①]上电台的读书节目，采访了一次大卫·柯南伯格，为了替一本男性杂志写文章还去了次曼哈顿。就算我还没有打破支出大于收入的局面，但至少不再有坐吃山空的感觉了，不再有未来五年内我还会遭遇更伤心、更悲剧的命运的感觉。

然后发生了一件事，就像一段句子的末尾加上了句号，让我感觉我的坏运气到头了。在旁人看来，这件事无足轻重——我被邀请为一份国家级报纸撰写影评。稿酬很低，而且仅此一次，不过——我该怎么解释呢——这正是我一直以来梦寐以求的事。很

① 加拿大城市。

多时候，这类事情的诱惑超越了它的实际价值，就像学者都希望能在巴黎大学做一次演讲一样，或者说，就像演员都希望能和马龙·白兰度搭档拍片——可能会是部烂片，但无所谓。

杰西在值夜班。他仍然是备菜厨师，负责洗菜和切菜、清理鱿鱼，不过他们有时候也让他负责烧烤，这和我写影评的工作一样，稍稍有种不相称的诱惑力。这一类事情总是随机得令人惊愕。

负责烤架的家伙们很粗鲁，很大男人；他们喜欢流汗、骂脏话、喝酒、玩命加班、聊女人以及“享受社会福利的乞丐”。现在杰西成了其中一分子。他经常在下班后——这是他最享受的时间——穿着白色制服傻坐着抽烟，聊当晚的事，聊九点刚过时他们是如何累得半死（突然来了很多客人），以及他们如何将女侍应放上“惩罚席”（耽搁她们提交的订单）。得罪厨师的人通常都没有好结果。

厨房中充斥着一种奇怪的、假装同性恋式的戏谑——他说，所有的厨房都是这样的——厨师们互称同性恋、嘲笑对方经常干抬高屁股的营生，等等。唯一不会骂的话是“屁眼”，那是个很过分的字眼——说出来就真的是对别人的羞辱了。

他很喜欢克洛艾来接他下班，这位“玛丽莲·梦露”的鼻翼上有一粒钻石饰钉。所有厨师都坐在一边看着。

“你喜欢她吗？”有一晚，他把脸凑近我问道。

“喜欢啊。”我说。

“你不是很肯定。”

“并没有，完全没有。我觉得她很棒。”

“是吗？”

“是啊。”

思索片刻。“如果她和我分手，你还会这样说吗？”

“我会站在你这边。”

“这是什么意思？”

“意思是只要能让你好过点，让我说什么都可以。”

停顿。“你认为她想和我分手吗？”

“天哪，杰西。”

我们还是会看电影，不过没有那么频繁了。也许一周才看两部，有时甚至更少。似乎外面的世界将我们拉出了客厅，我感觉一些珍贵的事物自然而然地接近了尾声。Fin de jeu.[①] 最后一句。

我引进了“被埋藏的宝藏”这个单元。

我给他放了罗伯特·雷德福[②]的《机智问答》(1994)。这是一部你每次重看都会觉得更好、更丰富的电影。影片讲的是英俊迷人的大学教授查尔斯·范多伦（拉尔夫·费因斯[③]饰）的故事，他在五十年代陷入了一桩电视益智游戏丑闻：有调查表明，参加游戏的人事先已经得到了答案。就像美国职业棒球大联盟的一九一九年世界大赛假球事件一样，这对于天真而惯于轻信别人

① 法语，剧终的意思。

② 罗伯特·雷德福（Robert Redford，1936－ ），美国导演、演员。

③ 拉尔夫·费因斯（Ralph Fiennes，1962－ ），英国演员。

的美国公众而言，无异于心上被扎了一刀。而他们的天之骄子——卓越学者马克·范多伦（由伟大的保罗·斯科菲尔德[①]扮演）的儿子——也牵涉其中，这更是让他们异常痛苦。

就像《了不起的盖茨比》一样，《机智问答》带你进入了一个道德堕落的世界，但又将它描绘得如此之美，美到让你能够理解人们为什么会投身其中并选择留下来。我让杰西留意扮演国会调查员的罗伯·莫洛[②]和答应了本该拒绝之事的拉尔夫·费因斯之间的默契。

片中最好的表演、最有力量的时刻，都来自费因斯的眼睛。（在一些场景中，他看上去甚至化了额外的眼妆。）我建议杰西注意一场互动的戏，有人问费因斯"正直的亚伯·林肯"若是上了这个电视竞赛节目会怎么做的时候，费因斯是如何用他的眼睛来演戏的。看他对罗伯·莫洛说话时眼珠子如何转动：他一直看着这个年轻人，颇有玩躲猫猫的感觉，好像同时也在问自己：他知道多少？他知道多少？

有一场戏里他们在玩扑克：费因斯下了赌注后，莫洛说："我知道你在撒谎。"费因斯疑心重重，几乎喘不上气，做出"虚张声势，这叫虚张声势"的回应时，我们几乎可以听到他心跳的声音。他令人想起陀思妥耶夫斯基的《罪与罚》中的拉斯科尔尼科夫。

"你会怀念上电视的日子吗？"片子放完后，杰西问我。

"有时候会。"我说。我解释说，我想念那时赚的钱，但我真

---

① 保罗·斯科菲尔德（Paul Scofield，1922－2008），英国演员。

② 罗伯·莫洛（Rob Morrow，1962－ ），美国演员。

正怀念的是和一些并不认识的人进行相当肤浅的、三十秒钟长的谈话。“这会给你平淡的一天燃起小小的火花，”我说，“信不信由你。”

“那你有没有真的想念上电视呢？”

“不，我从不想念。你呢？”

“我是不是想念拥有一个上过电视的老爸？不，我不想念。我甚至从没想过这个问题。”

说完这些，他站起身来，慢悠悠地上了楼梯。他的身影，以及他动作中的漫不经心，至少在那一刻里——让他看上去不再是个毛头小子了。

我放了更多“被埋藏的宝藏”。看这些电影就像直接吃刚从冰箱里拿出来的香蕉奶油馅饼一样让人迫不及待。(连取盘子都省了。) 我们看了《特殊任务》(1973)。“我们为什么喜欢杰克·尼科尔森？”我说，“有五个原因。”

1. 因为，用他自己的话来说，“达到巅峰并不难，难的是一直留在那里”。杰克的电影生涯已经持续了四十五年。没有人能单凭“好运气”或“装个样子”做到这么久。你一定得是真的那么伟大才行。

2. 我喜欢杰克·尼科尔森扮演的那个鼻子上缠着绷带的侦探——他在《唐人街》(1974) 中占了很重的戏份。

3. 我喜欢《闪灵》中的一场戏，杰克发现妻子在读他疯狂的小说并问她：“你觉得如何？”

4. 我喜欢杰克年届五十才开始打高尔夫。

5. 我喜欢《特殊任务》中杰克将他的枪啪地放到桌子上，说："我他妈的就是那个海岸巡逻队员！"

有些人认为尼科尔森最好的表演就是在《特殊任务》中。他扮演"坏蛋"布达斯基，一位爱抽雪茄、满嘴污言秽语、极易激动的海军士兵。他接到了任务，要押送一个孩子去监狱。杰克想让那小子在服刑前度过一段愉快时光，让他"享受一下酒色"。

电影上映后，罗杰·伊伯特[①]写道，尼科尔森"塑造了一个如此完整、如此精妙复杂的角色，让我们不再想着电影，光顾着看他下一步要如何表演"。一些电影把粗口变成了一种艺术形式。还记得《全金属外壳》（1987）中开枪射击的那个陆军中士吗？就像鸡蛋有很多种做法一样，脏话也有各种各样的变体，《特殊任务》里就可以听到许多。电影公司的制作人在这部电影开拍前本想修改一下剧本。他们被充斥其中的骂人话吓坏了，他们也清楚杰克·尼科尔森将以一种邪恶的腔调把它们全说出来。哥伦比亚电影公司的一位高层回忆道："电影最初的七分钟，就出现了三百四十二次'操'。这在哥伦比亚电影公司是不被允许的。不能出现任何有性暗示的字眼。"

罗伯特·汤[②]是这部电影的编剧，同时也是《唐人街》的编剧。他说："如果你要为哥伦比亚电影公司表演做爱，你必须在三百码以外做。但电影正越变越开放，而这是一次如实描述

---

① 罗杰·伊伯特（Roger Ebert，1942－2013），美国影评人、剧作家。

② 罗伯特·汤（Robert Towne，1934－ ），美国导演、演员和编剧。

海军士兵如何讲话的机会。公司的领导叫我坐下来，说：‘鲍勃，难道二十句“狗娘养的”不比四十句“狗娘养的”更有效吗？’我说不是这样的，骂脏话是人们无能为力时唯一的发泄方式。他们只能发牢骚骂娘。”汤坚持自己的立场，而尼科尔森支持他——由于尼科尔森是片中最大牌的明星，剧本最终就这样定了下来。

为别人挑选电影是一件危险的事。在某种程度上，这就像给人写信会暴露自己一样。它会表明你的所思所想，表明什么能打动你，甚至还会显示出你认为这个世界是怎么看待你的。因而，如果你激动地推荐一部电影说“嗨，这部电影很有趣，你真的会喜欢上它”，而朋友第二天见到你却皱着眉头说“你认为它很有趣？”，你会很不好受。

记得有一回，我向一个挺喜欢的女人推荐了《飞越迷城》。不料第二次再见到她时，她却以异样的目光审视我。我知道那目光代表的意思：噢，原来你是那样的人啊。

所以多年以来，我已经学会在音像店里闭紧我的嘴。在那儿，有时我很想大声提醒一些我完全不认识的人，有时则很想将他们手中的影碟一把夺走，并对着他们惊慌失措的脸说，摆在另外一个地方的某部电影会是更好的选择。然而，我还是推荐过几部从来没有反咬过我一口的电影。《大侦探》（1977）就是其中一部。我挑了它作为接下来要看的片子。

这是一部简单的惊悚片，讲述潦倒的私家侦探（阿尔特·卡尼[①]饰）和疯狂的经纪人（莉莉·汤姆林[②]饰）被卷入了洛杉矶一连串谋杀案的故事。尽管这已经是几十年前的电影了，却几乎没什么人看过。可凡是看过它的人，至少是经我推荐看过的人，都会又惊又喜又感激地谈起它。有几次，我猜它甚至使一些人对我有所改观。

我为杰西准备《大侦探》的时候，无意中读到了宝琳·凯尔发表于《纽约客》的影评。她很喜欢这部电影，却不知该如何分类。“它并不完全是一部惊悚片，”她写道，“它是一部独特的类型电影——一首关于肮脏庸俗的爱恨交加的诗。”

《线人》于一九七三年上映，但很快就归于沉寂。现在就算是在连芬兰恐怖电影都找得到的冷门小音像店里，也不见它的踪影。它由《布利特》的导演彼得·叶茨[③]执导，但我们要看它的真正原因，却在于那个睡眼惺忪的怪才罗伯特·米彻姆[④]扮演的蹩脚骗子艾迪·科伊尔。我们都认识像艾迪这样的人，这种人生来就是为了做错事的。一个不断重复犯错的万尼亚舅舅[⑤]。

随着时间的推移，罗伯特·米彻姆的表演似乎越来越出色——他有着宽厚的胸膛和深沉的声线，像猫溜进晚餐派对一样不费吹灰之力地轻松游荡于整部电影中。他才华横溢，但奇怪的是，他

---

① 阿尔特·卡尼（Art Carney，1918－2003），美国演员。

② 莉莉·汤姆林（Lily Tomlin，1939－ ），美国女演员。

③ 彼得·叶茨（Peter Yates，1929－2011），英国导演。

④ 罗伯特·米彻姆（Robert Mitchum，1917－1997），美国演员。

⑤ 俄国剧作家契诃夫作品《万尼亚舅舅》的主人公，电影《万尼亚在42街口》即围绕这部作品展开。

却总是自我否定，好像这样能得到一种霸道的快感。“我就只有三种表情，”他曾经说，“那就是左顾、右盼和直直向前看。”曾经执导他主演的《猎人之夜》（1955）的查尔斯·劳顿[①]说过，那种“宝贝，我不在乎”的粗暴态度完全是一种表演。他说，罗伯特·米彻姆其实知书达礼、优雅、富有同情心，是一个能说会道的人，绝对是当今演员中能把麦克白演得最好的人。不过对此米彻姆有另一种说法：“我和其他演员的唯一区别不过在于，我在监狱度过的时光更长。”

不过，当我们看这些电影时，我有时会觉得，杰西之所以坐在那里，更多的只是在尽义务罢了。伍迪·艾伦的《星尘往事》（1980）才放了三十分钟，我就可以从他的姿势看出这部电影让他厌烦。我开始怀疑他看这片子只是为了我，为了和我做伴。

“猜猜谁是《星尘往事》的摄影师？”我说。

“谁？”他说。

“‘黑暗王子’。”

“戈登·威利斯？[②]”

“拍摄《教父》的那个家伙。”

“也是拍摄《柳巷芳草》的那个。”他心不在焉地说。

我委婉地停顿了一下，然后温柔地说：“我认为他没拍过《柳巷芳草》。”

“是同一个人。”

---

① 查尔斯·劳顿（Charles Laughton，1899－1962），英国演员、导演。

② 戈登·威利斯（Gordon Willis，1931－2014），美国摄影师、导演。

我说:“我和你赌五加币,戈登·威利斯没拍摄过《柳巷芳草》。”

他是个有风度的赢家，没有得意扬扬，只是将屁股从沙发上抬起，把钞票塞进了后面的裤袋，并没有看我。“我一直以为是迈克尔·包豪斯[①]拍的《柳巷芳草》。”我怯怯地说。

“我看得出来,”他说,“也许你在想法斯宾德[②]早期的那些电影。那些画面都充满了颗粒感。”

我凝视着他，直到他抬起头来。“怎么了？”他问。其实他很清楚“怎么了”。

① 迈克尔·包豪斯（Michael Ballhaus，1935－2017），德国摄影师。

② 赖纳·维尔纳·法斯宾德（Rainer Werner Fassbinder，1945－1982），德国导演、演员。

第十三章

二〇〇五年秋天，唐人街。克洛艾将专业换成了工商管理，并且回安大略省金斯顿上课了。此后不久杰西宣布要辞去餐馆的工作，和他的一个朋友——一个我几乎不认识的吉他手——北上创作音乐，为期一个月。

那家伙的父亲是一位娱乐法律师，在库契钦湖[①]边有一所大房子，还有一艘船。他们可以免交租金待在那儿，然后在当地的餐馆找个洗盘子的工作。我觉得怎么样？这实际上并不是一个问题——我们两人都清楚这一点。我说当然好。

随后，他就这样离开了家。我想，好吧，他都十九岁了，顺其自然吧。至少他知道迈克尔·柯蒂兹[②]为《卡萨布兰卡》(1942)拍过两个结局，以防悲伤的结局不受欢迎。这有助于他理解世界

① 位于加拿大安大略省的湖泊。
② 迈克尔·柯蒂兹（Michael Curtiz，1886－1962），美国导演。

是怎么回事，至少别人不能说他还毫无防备就被我送了出去。

唐人街三楼的蓝色房间第一次变得空荡荡的，感觉好像有人将这栋房子里所有的活力都吸走了。然而杰西走后大约两个星期，我开始享受现状了。厨房不乱了，冰箱的把手上不再有黏黏的手印，也没人再在凌晨三点的时候上楼梯，弄出巨大的响声了。

他有时会打电话回家，略显尽责地报告：树木都秃了，湖水结冰了，工作很好，一切都很好。他们写了很多歌，晚上躺在船上，用毯子裹着身子，凝望天上星星，他的朋友会漫不经心地弹吉他，也许他和那位名叫乔尔的吉他手回城后会找个公寓住，有个周末克洛艾来过之类的。

随后有一天（骑自行车的人又开始戴手套了），电话响了，我拿起听筒，便听见杰西的声音颤抖着，好像不知道自己身在何处，好像走在冰上滑了一跤。

“我刚被打发走了。”他说。

“工作没了？”

“不。是克洛艾。她刚甩了我。”

他们在电话中吵了一架（他没有方向的人生，他的窝囊废朋友们：她称他们为“侍者和机场员工”）。不知道是谁挂了谁的电话。通常她都会再打过来，这种事之前发生过，但这一次她没有。

几天过去了。到了第三天早晨，一个灿烂得连树叶都闪闪发光的日子，他醒来后很确信一件事，就像他曾在电影中看到过的一样：她有了新的男友。

“于是我给她打了电话，”他说，“她没有接。那是早上八点。”

情况不太妙，我想，但我没有说什么。

那天他从餐馆的厨房给她打电话，发了几条信息，请她回电，并表示愿意支付长途话费。但他的确信就像一个墨水印一样在他心里不断晕开：发生了很严重的事情，他站在了以前从未置身过的情景里。

最终，那天晚上接近十点的时候，她回电了。他可以听到背景中的噪音——音乐、听不太清楚的人声。她在哪儿？在一家酒吧里。

“她在酒吧里给你回电？”我说。

他问她，他什么地方做错了。他几乎说不出话来，而她就像在和一个陌生人谈话。“有些事情，我们需要谈谈。”她说，然后是一串听不太清的字句。他不敢肯定，但听起来她好像捂住话筒，然后问酒保要了一杯马提尼。

他没有浪费时间，而是单刀直入（他的这种行事方式总是让我惊叹）。他说：“你想和我分手吗？”

“是的。”她说。

接着他犯了一个错。他挂了她电话。他挂了电话，等待她泪汪汪地回电。他在北方那个小屋的客厅里踱来踱去，眼睛直勾勾地盯着电话，大声地自言自语。他又给她打过去，问道：“我们之间到底是怎么了？”

随后她就做了她该做的。她说她已经考虑过了，他们两个人不适合在一起。她还年轻，要上大学，“在工作上有一个很好的未来”。俗套的借口一个接着一个，那种崭新的、上进女孩的口吻令人感到陌生。之前他已经从她的话中听出过一些苗头，但现在这些话并没有让他想将她勒死，反而只是让他怕她而已。

他说："你会后悔的，克洛艾。"

"也许吧。"她轻松地说。

他说："那就这样吧，我们分手吧。"

"你知道她接着说了什么吗，老爸？她说：'拜拜，杰西。'她说了我的名字，温柔地说。听到她这样温柔地念我的名字，'拜拜，杰西'，我的心真的碎了。"

那天晚些时候，他的朋友乔尔在厨房上完夜班后回去了。杰西对他说了事情的经过。

"真的吗？"乔尔说。他听了大约十分钟，同时为他的电吉他换了一根弦，之后，他似乎就对杰西的事情失去了兴趣，想聊点别的。

"你有好好睡觉吗？"我问。

"睡了。"他说，似乎对我的问题感到奇怪。我可以感觉出，他还是希望能从我这里得到些建议，但同时又知道，我已经没什么可给他了，顶多只能指给他一个方向，让他把过去几天聚集在体内的毒素排掉。最后我（徒劳地）说："但愿我能帮得了你。"

随后他又开始说了起来，我记不起他说了什么，这不重要，反正他就一直说个不停。

"也许你应该回家。"我说。

"我不知道。"

我说："我可以给你一些建议吗？"

“好吧。”

“不要嗑药和酗酒。喝几瓶啤酒就好了。我知道你感觉很难受，但如果你滥饮，第二天醒来的时候就会觉得自己身在地狱。”

“我已经这么觉得了。”他惨笑道。

“相信我，”我说，“事情还可以更糟。”

“我希望你还爱我。”

“我当然爱你。”

停顿。“你认为她有新男友了吗？”

“我不知道，亲爱的。不过，我不认为她有新男友了。”

“为什么？”

“什么为什么？”

“你为什么认为她没有新男友？”

“有的话也太快了，仅此而已。”

“但是，她很漂亮。总有人想泡她。”

“这不代表她会跟他们回家。”话一说出口，我就后悔自己用了这样的字眼。这些字眼把他脑子里上演的戏码又推进了一步，不过他已经跳向下一个想法了。

“你知道我害怕什么吗？”他说。

“是的，我知道。”

“不，”他说，“我真正害怕的。”

“什么？”

“我怕她会和摩根上床。”

“我认为这不可能发生。”我说。

“为什么不可能？”

“听上去她已经和他断了关系。”

“如果是和其他男人，我不会这么困扰。”

我没说什么。

“但如果是和摩根，我会感觉很糟糕。”

接下来是长长的沉默。我可以想象他待在那栋乡村小屋里，身边湖泊荒凉、树木光秃秃、乌鸦在林中呱呱叫的景象。

“也许你该回家了。”

又是一阵长长的、若有所思的沉默，我能感觉出他正在想着各种可怕的结果。他说：“我们能不能多聊一会儿？”

“当然，”我说，“聊一整天都没问题。”

有时候，当电话在深夜响起的时候，我会犹豫一阵要不要接，不知自己能否直面他那无法缓解的痛苦。有时候我想，不接算了，明天再说。但我随后想起了保拉·摩尔斯，以及自己曾经在可怕的冬日清晨过早地醒来，面对着漫长而恐怖的一天的情形。

“你还记得你说过克洛艾有时候真的很无聊吗？”有一晚，我在电话中对他说。

“我这样说过吗？”

“你说害怕和她一起旅行，因为她可能在飞机上就会让你烦闷。你告诉我你有时候会把电话拿得离耳朵远远的，因为你不想再听她一直唠叨她的人生规划。”

“我不记得这些了。”

“你说过。这都是真的。”

他沉默了好久，然后才说：“我和老爸谈这样的事情，会不会显得孩子气？但我没法跟朋友们说。他们只会说些愚蠢的话。我知道他们其实并没有那个意思，但我害怕他们会不小心说出一些伤害我的话。你明白我的意思吗？”

“我当然明白。”

他稍微改变了声调，就像一个人最终承认犯了罪。“我给她打过电话了。”他说。

“之后呢？”

“我问了她。”

“你真是勇气可嘉。”

“她说没有。”

“没有什么？”

“没有，她没有和任何人睡。不过她说就算真的有，那也不关我的事。”

我说：“这话可真是卑鄙。”

“不关我的事？几天前我们还在一起，现在却已经不关我的事了。”

“你做了什么——”我停下来，“她以为你做了什么事，才这么火大？”

“摩根对她差劲极了，一直在出轨。”

“真的？”

“没错。”

"但你做了什么呢，杰西？"

"你觉得我能不能再找到像她一样漂亮的女朋友？"

谈话就这样继续进行下去。那个秋天，我的生活里还有很多事情要忙：照顾我的妻子、为某杂志写关于福楼拜的文章、铺好屋顶上掉落的瓦片、为"那份报纸"写一篇影评、处理地下室的住客不能按时付房租的问题、还有一颗臼齿要镶配牙冠（蒂娜的保险只能付一半的费用）。但杰西情感方面的困扰，我偏偏无法抛诸脑后。

人们会说："他会好起来的。这就是人生。我们所有人都是这样过来的。"但我知道，他会在午夜时分想起一些我们看过的电影——我清楚那些桥段会令他痛苦到发疯。

同样奇怪的是，我才刚刚习惯他不在家、习惯他被人生自带的前进力量推向另一个更广阔的世界，然而从某种程度上说，他却又回来了。而我并不想他以这种方式回来。我情愿做他社交名单上的最后一名。成为当他所有朋友都没空时才能和他一起吃饭的父亲，我会更开心。

第十四章

几个星期后，他回家了。天气寒冷，风像抢劫犯一样来来回回地侵袭街道。它会等你出门，当你已经走到离家很远的地方时，再一把揪住你的领子，狠狠抽你一个大嘴巴。我很清楚地记得杰西刚回来的那几天：他坐在外面的柳条椅上发呆，仿佛在把他脑袋里的那几件破家具搬来搬去，想找出一个不那么可怕的可能性，脱离目前这种让人无法接受的状态。

我坐在旁边陪他。天空呈现一片水泥般的灰色，如同街道的延伸，如同它们在地平线的某处接壤了一般。我跟他讲了曾经发生在我身上的每一个可怕故事：八年级的达芬妮（第一个让我哭的女孩），高中时代的芭芭拉（在摩天轮上甩了我），大学时的莱莎（“我爱过你，宝贝，我真的爱过！”）——半打以上的伤痛往事。

我把这些故事讲得生动又热烈，并且把重点放在了“我全都挺过来了”上面。我挺过来了，还可以把当初的恐惧和“那一刻的绝望”当作趣事来讲。

我给他讲这些故事是因为——这一次我试图让他牢牢记住——我想要他明白，那些带刺的美丽人偶，那些让我哭泣、让我像虫子一样在聚焦了阳光的放大镜下蠕动的女孩和女人都不是我应该交往的对象。“她们是对的，杰西。说一千道一万，她们离开我是正确的选择。对她们来说我不是那个合适的男人。”

“你认为克洛艾离开我是正确的选择，老爸？”

我错了。我没想到汽车会开到这条路上来。

有时候他就像在水下靠着一根芦苇呼吸的人一样听我说话，仿佛他的生存全靠聆听，全靠这些故事给予他氧气。但有时候——我不得不小心翼翼——他也会被故事引发更可怕的联想。

他就像脚上扎了一块碎玻璃，无法再去想其他的事情。“很抱歉一直谈论这个话题。”他会这么说，然后再继续讲下去。

我没有告诉他的是，在事情变好之前，它可能会先变得更糟，然后你才会拥有活在当下的美好体验——一大早醒来觉得脚后跟似乎长了个水泡。嗯，我来看看。哎呀，真的呢！我长了个水泡！——简直宛如置身天堂！谁又能相信呢？

我必须小心翼翼地选片。但即便如此，即便我挑选的是无关性爱或背叛的电影（这样的电影其实还真不多），我还是能看出他将屏幕当作了痛苦想象的蹦床，以为仅凭停留的目光就能骗我相信他正在投入地看电影，而事实上，杂念充斥着他的脑海，如同小偷在豪宅里流连。有时我会听见他因突如其来的念头而痛苦地呻吟。

“你还好吗？”我只能问。

身材高大的他在沙发上挪了挪，说：“我很好。”我给他放了另外几部“被埋藏的宝藏”，如同在上主菜之前给小孩子先来点儿甜点。任何可以让他摆脱自我折磨的想象的东西都行。任何能让他笑的东西都行。

我给他放了《飞越迷城》。这部电影让我受了一次又一次打击，但我仍执迷不悟。所有人都会同意，两位失败的音乐人——由沃伦·比蒂[①]和达斯汀·霍夫曼饰演——来到伊斯达沙漠王国并被卷入当地政治纠纷的这一段讲得磕磕绊绊，但此前和之后仍有一些很棒的喜剧元素，比如沃伦和达斯汀戴着头带拼命地又唱又跳的戏就实在好极了。《飞越迷城》是一部有瑕疵的好电影，只是它刚问世就被扼杀了，因为怒气冲冲的媒体厌倦了沃伦有那么多的漂亮女友。

然而它也没帮上杰西。我还不如干脆给他放一部制钉厂的纪录片算了。

在接下来的几周里，我们看了很多“被埋藏的宝藏”。我可以感觉到身旁沙发上的杰西的躁动不安。他的身体像在黑暗中等候猎物的动物般蜷缩起来。有时我只好直接按暂停，问他：“你还想看下去吗？”

“当然。”他会说，然后回过神来。

---

① 沃伦·比蒂（Warren Beatty，1937– ），美国演员。

我一直很喜欢埃尔默·伦纳德的一件轶事。在二十世纪五十年代，他是雪佛兰的广告文案写手。为了给半吨卡车写一句亮眼的广告词，伦纳德实地走访了一些卡车司机。一个家伙说："这种狗娘养的车是开不坏的，你只会因为看腻了它而重买一辆。"

伦纳德向雪佛兰的高层呈上这句话的时候，他们大笑不已，却说"免了，谢谢"。这种话可不能放在全国广告牌上。不过，十年后伦纳德转行写犯罪小说时，这种话就顺理成章地出现在了他的小说里。它抓住了普通人的感受，却又不会让人觉得太普通。

还记得埃尔默·伦纳德一九九〇年的小说《矮子当道》中的这个场景吗？奇利·帕尔默的一件昂贵外套在一家餐馆里被偷了。他没有说"嘿，我的外套不见了——它值四百美元呢"。不，不。相反地，他将餐馆老板叫到一边，说："你看到一件黑色皮夹克没有？袖管长及指尖，像西装上衣一样有翻领。你没有看到，那你欠我三百七十九美元。"这是经典的伦纳德式对白，有趣且具体。

或者再看看他一九九五年的犯罪小说《奔赴法网》。美国法警雷兰·纪文斯在一次劫车事件中遇到了两名毫无戒心的重犯。伦纳德这样描述接下来发生的事："雷兰拿起霰弹枪对准那两个家伙……并做了每个执法人员都知道能博得关注和面子的事。他拉下护木又推上去，完成上膛，而那生硬的金属声比口哨更有用，迫使那两个人转过身来面对自己的溃败。"

有多部电影都是根据埃尔默·伦纳德的小说改编的。一九六七年由保罗·纽曼[1]主演的《野狼》，一九七四年的《猛龙铁金刚》，一九八五年由伯特·雷诺兹[2]导演并主演的《独闯迈阿密》，还有一九八六年的《52号密杀令》。这些电影往往都没有捕捉到伦纳德小说标志性的黑色幽默和极其精彩的闲聊。反倒是新一代电影制作人领会了其中的妙处。昆汀·塔伦蒂诺[3]拍了有点长但很有趣的《危险关系》（1997）；电影版《矮子当道》（1995）则捕捉到了埃尔默·伦纳德的腔调——值得一提的是主演约翰·特拉沃尔塔[4]，是他坚持电影要保留小说的对白。

随后在一九九八年，史蒂文·索德伯格[5]导演推出了由乔治·克鲁尼[6]和詹妮弗·洛佩兹[7]主演的《战略高手》。影评人很喜欢这部电影，但观众不买账，所以它步了许多电影的后尘，很快就淡出了市场。这真是太糟糕了，因为它是那一年最棒的电影之一。它是一部经典的"被埋藏的宝藏"，这也是我把它挑给杰西看的原因。

放映前我叫他留意一个名为史蒂夫·扎恩[8]的演员。他扮演一个名叫格伦的神志恍惚的失败者。我不知道他算不算抢了詹妮弗·洛佩兹和乔治·克鲁尼的戏，但程度已经相当接近了。他是

---

① 保罗·纽曼（Paul Newman，1925－2008），美国演员。
② 伯特·雷诺兹（Burt Reynolds，1936－2018），美国演员、导演。
③ 昆汀·塔伦蒂诺（Quentin Tarantino，1963－ ），美国导演、演员。
④ 约翰·特拉沃尔塔（John Travolta，1954－ ），美国演员。
⑤ 史蒂文·索德伯格（Steven Soderbergh，1963－ ），美国导演。
⑥ 乔治·克鲁尼（George Clooney，1961－ ），美国演员。
⑦ 詹妮弗·洛佩兹（Jennifer Lopez，1969－ ），美国女演员、歌手。
⑧ 史蒂夫·扎恩（Steve Zahn，1967－ ），美国演员。

一位不为人知的演员，一个哈佛毕业生，甚至没能参加试镜，只得自己拍了试镜的录像带寄给导演。索德伯格看了这份录像带十五秒钟就拍了板："这就是我想要的人。"

这部电影，我也不知道杰西到底看进去了多少。他看似投入地看完了整个故事，但在电影放完的时候，他似乎如释重负，以极快的速度跑上了楼。

接下来我找到了正确的片子。这部电影如此精彩，给杰西留下了非常强烈的印象，以至于他有几个小时完全没有想过克洛艾。

多年以前的一个夏日，我在多伦多的央街上偶遇了一位老朋友。我们有一阵子没见面了，当场决定去看部电影（这是看电影最好的状态）。我们在附近的影院看了看，有六部电影正在上映。"你应该看看这部，"他说，"你绝对要看这一部。"

于是我们看了。《真实罗曼史》（1993）真的值得一看。这是一部你一年可以看两次的电影。昆汀·塔伦蒂诺在二十五岁时写下了这个关于可卡因、谋杀以及少男少女初恋的故事。这是他写的第一个剧本。他到处推销，可是没有买家。它太有创意了，以至于电影公司的头头以为它是被"写砸了"。在他拍出了《落水狗》（1992）、在关于他的"话"传出来后，英国导演托尼·斯科特[①]才接手了这个剧本。

《真实罗曼史》里有一场长达八九分钟的丹尼斯·霍珀和克里斯托弗·沃肯的对手戏，在我看来，这也许是电影史上最好的

① 托尼·斯科特（Tony Scott，1944－2012），英国导演。

一个场景。（我知道这种话只能说一次，所以一直留到现在才说。）当优秀的演员手握满是漂亮对白的剧本时，看他们如何演绎就成了一件令人兴奋的事情。你可以感觉到他们对彼此表演的享受。他们在用演技对决。我坐在黑暗的影院里，那场戏开始了，克里斯托弗·沃肯声称："我是反基督者。"我的朋友凑过来对我耳语道："好戏开始了。"

这部电影里有许多其他有趣的东西：戏剧化的加里·奥德曼扮演一个梳着脏辫的毒贩子，他擅长使用暴力，正如杰西评价的，他可以"动手前几秒钟还在用筷子吃中国菜"。布拉德·皮特[①]扮演一位加州的瘾君子，方·基默[②]扮演埃尔维斯·普雷斯利[③]的幽灵……有趣的地方不胜枚举。

我叫杰西留意影片最后的独白，克里斯蒂安·史莱特[④]和帕特丽夏·阿奎特[⑤]在墨西哥的海滩嬉闹，太阳在炫目的金色和血红的云霞中落下，她的声音响起："你真酷，你真酷，你真酷。"

这个场景让他感觉很好。让他暗自起了鸡皮疙瘩，就好像在某个晚上，当他走进酒吧、音乐适时响起时，某个美丽的女孩看向了他。"你真酷。"

随后，我们穿上大衣来到门廊上，第一片雪花闪闪发亮地落下，一碰到地面就融化了。"我从不喜欢和克洛艾一块看电影，"

---

① 布拉德·皮特（Brad Pitt，1963－ ），美国演员。

② 方·基默（Val Kilmer，1959－ ），美国演员。

③ 埃尔维斯·普雷斯利（Elvis Presley，1935－1977），即"猫王"，美国音乐人。

④ 克里斯蒂安·史莱特（Christian Slater，1969－ ），美国演员。

⑤ 帕特丽夏·阿奎特（Patricia Arquette，1968 ），美国女演员。

杰西说，“我讨厌她说的话。”

“你不能跟一个连电影都不能一起看的女人在一起，”我说，语气就像电视剧《沃尔顿一家》中的沃尔顿爷爷，“她说什么了？”

他盯着飘落的雪花看了一会儿。街灯之下，他的眼睛看上去很亮，如同玻璃。“一些愚蠢的话。她总是想挑衅。这是她所谓的‘年轻的职业人士’的一面。”

“听起来很让人厌烦。”

“在看真正喜欢的电影时，我真不想听她说那些话。你不需要某人努力表现得‘有趣’。你只需要他们喜欢这部电影。你知道她有一次怎么说吗？她说斯坦利·库布里克的《洛丽塔》比阿德里安·莱恩那部好。”他摇摇头，身子向前倾。有一瞬间，他看起来就像个年轻的战士。“这种看法是错的，”他说，“阿德里安·莱恩的《洛丽塔》是一部杰作。”

“是的。”

他说：“我给她放《教父》。但在开始放之前，我说：‘我真的不想听到任何对这部电影的批评，行吗？’”

“她说了什么？”

“她说我控制欲太强，她有权发表她的观点。”

“你说了什么？”

“《教父》是个例外，你就是不能评论。”

“然后呢？”

“我们吵了一架。”他不耐烦地说。（真是条条观念通罗马。）现在雪下得似乎更大了。雪花在街灯下快速地旋转，当汽车驶过街道时，在车头灯的照耀下，可以看见它们在飘落。“我只不过希望她喜欢那部电影而已。就这么简单。”

“我不知道，杰西。在我看来，这不是一段理想的爱情。你不能和她一起看电影，因为她会打搅你；你不能和她一块儿散步，因为她会让你厌烦。”

他摇摇头。“奇怪的是，”过了一会儿他说，“现在我记不得那些事情了。我只记得和她有过一段非常快乐的时光。”

我的妻子走了出来，门廊的灯亮了起来。椅子的木腿发出响声。我们的谈话骤停，然后又继续了下去。她清楚她不能离开。过了一会儿，我离开了，让他们两个在一起待着。我想有些事情她可以和他聊聊，让他感觉好受一些。我们的蒂娜在大学时可是个派对女郎。我知道关于摩根的事她能给出一些让人宽心的见解，但我有一种感觉，对于她的那些轶闻趣事，我不听为妙。有一次我从客厅的窗口望出去，看到他们紧挨着坐在一起。她在讲，他在听，然后，令人惊讶的是，我听到了出乎我意料的反应，那是笑声——他们都大笑了起来。

后来，在一天快结束时躲到门廊上抽烟和聊天似乎成了他们两人的某种仪式。我没有跟他们一块，这是一个私密的时刻，我很欣慰杰西还能和一位年纪更长的女人（相当有经验的那种）聊天。我清楚她跟他谈的可能是我不了解的她所谓的“派对年代”发生的事。我从来没问过他们之间交流过什么。一些门最好永远关着。

从我的黄色卡片上，我看出自己曾经考虑再给他放一次《生活多美好》，但是，因为担心他在唐娜·里德[1]的角色身上看到克洛艾，我在最后一秒还是将碟放了回去，改放了《好奇心》(1971)。我不太愿意放法国艺术电影——我知道他想看娱乐片——但这部电影非常出色，还是值得他一看的。

像《四百击》一样，路易·马勒[2]的《好奇心》讲述的是成长，讲述的是那段古怪的尴尬时期，年轻男孩最初的成人体验中异常丰富的内心生活。这是作家都喜欢回顾的一段特别脆弱的时期——我猜是因为那时候的心就像还很软的水泥一样，事物很容易在上面留下痕迹。

《好奇心》中的少年似乎将这份脆弱嵌进了他的身体，嵌进了那微圆的肩膀、瘦长的手臂，以及他长颈鹿一般四处冲撞的处世之道中。电影充斥着浓烈的怀旧之情，仿佛路易·马勒在描写他人生中非常非常快乐的一段时光，而这种快乐是他多年以后才察觉到的。影片用敏锐的目光注视着青春期的小细节，以至于它们看起来是如此熟悉——令你感同身受的情节不断出现，仿佛你也是在一个五十年代小城里的法国家庭长大的。

而最后的高潮更加精彩。很难相信其他导演能够像路易·马勒这样结束一部电影。我不会多说什么，只是要补充一句，生活中时常会有一些事提醒你，不管你自认为如何了解某人、了解他人生中的每一个重要时刻，事实上，你都并不了解他，也不可能了解他。

---

① 唐娜·里德（Donna Reed，1921－1986），美国女演员。
② 路易·马勒（Louis Malle，1932－1995），法国导演。

“我的上帝啊！”杰西说，第一次带着怀疑的眼光看着我，随后露出不自在的神情，最后则转为钦佩。“我看到了一位有种的导演！”

在观看这些“被埋藏的宝藏”的时候，杰西会不时发表一些看法，这再次令我惊奇，在过去的三年时间里，他到底学到了多少关于电影的东西。倒不是说电影知识对他有多重要，毕竟我想，他恐怕情愿拿这些去交换一通某人打来的电话。

“你知道吧，”电影结束的时候我说，“你已经成为一个相当好的影评人了。”

“是吗？”他心不在焉地说。

“你比我在CBC电视台做影评人的时候懂得还多。”

“是吗？”他似乎没什么兴趣。（为什么我们永远不想做我们擅长的事？）

“你可以成为一个影评人。”我说。

“我只懂我喜欢的事情。别的一概不懂。”

过了一会儿，我轻声地说：“配合我一下，可以吗？”

“好吧。”

我说：“你能不能立即告诉我法国新浪潮的三个创新？”

他眨眨眼，坐了下来。“嗯，低预算？”

“是的。”

“流动的摄影？”

“是的。”

“走出摄影棚深入大街小巷拍电影？”

“你能说出三位新浪潮导演吗？”我说。

“特吕弗、戈达尔[①]，还有埃里克·侯麦[②]。”（这时他开始进入状态了。）

“法语的‘新浪潮’怎么说？”

“Nouvelle vague.”

“希区柯克的《群鸟》中，你最喜欢哪一个场景？”

“就是前一刻你看到蒂比·海德莉[③]的肩上方有个空空的攀登架，下一刻你就看到上面已经站满了鸟儿的那个场景。”

“这个场景好在哪里？”

“因为它让观众知道坏事即将发生。”

“这叫作什么？”

“悬念，”他说，“就像希区柯克在《美人计》中多建的那段楼梯。”他脱口而出，这种习以为常的确定性给了他愉悦。一瞬间，我有一种感觉，他在做着白日梦，梦到房间中有第三个人——克洛艾——在听他说这一切。

“谁是伯格曼[④]最喜爱的摄影师？”

“太容易了。斯文·尼克维斯特[⑤]。”

“尼克维斯特给伍迪·艾伦拍的电影是哪一部？”

“事实上，他拍了两部。《罪与错》和《另一个女人》。”

---

① 让－吕克·戈达尔（Jean-Luc Godard，1930－ ），法国导演。
② 埃里克·侯麦（Eric Rohmer，1920－2010），法国导演。
③ 蒂比·海德莉（Tippi Hedren，1930－ ），美国女演员。
④ 英格玛·伯格曼（Ingmar Bergman，1918－2007），瑞典导演。
⑤ 斯文·尼克维斯特（Sven Nykvist，1922－2006），瑞典摄影师。

“霍华德·霍克斯[1]说过什么能构成一部好电影？”

“三个好场景，并且没有一个烂场景。”

“在《公民凯恩》中，一个男人描述了五十年前他在新泽西的码头看见的事情，那是什么？”

“一个撑着阳伞的女人。”

“最后一个问题。答对了我就再请你吃一顿大餐。说出新好莱坞运动中的三个导演。”

他伸出食指。“弗朗西斯·科波拉。”顿了一顿，“马丁·斯科塞斯。”更长的停顿，“布莱恩·德·帕尔玛。”

过了一会儿，我说：“明白我的意思了吧？”

这件事显然产生了那么点影响，因为那天深夜，他将一张CD放进了我的电脑。“制作得很粗糙。”他这样介绍。这是他在北方写的歌，在那些风舔着窗玻璃、克洛艾一去不复返的夜晚写下来的歌。一开始是一把小提琴反复演奏着同样的乐句，然后拍子响起，贝斯和鼓加了进来，最后是他的声音。

我知道，我们大多数人都认为自己的孩子是奇才，即便他们不是（我们会将他们满是污渍的小画当作毕加索的作品贴在冰箱上），然而关于这首歌，《天使》——在克洛艾从我们的生活中消失后的某天，我听了这首歌——我可以这样说：这条留给一名不忠的年轻女子的信息里有些很棒的东西。这首歌传达出的自信仿

① 霍华德·霍克斯（Howard Hawks，1896－1977），美国导演。

佛来自另一个人，而不是眼下这个正与我一起坐在沙发上、默念着歌词的男孩。

但这并不是最打动我的东西。最大的变化在于歌词。上一秒还在严词痛斥，下一刻又开始哀声乞怜。它刺耳、伤人、下流，词作者就像海参一样，将自己由里向外地翻了过来。但是它同时又首次表现出了真实：不再胡扯贫民窟的成长经历或企业的贪婪或小时候他是如何穿过满是注射针头和避孕套的后院。《天使》是动真格的——如同某人撕掉了一层皮肤，并记录下了他的嚎叫。

听着这首歌，我意识到他比我更有才华、更有天赋。奇怪的是，我对此毫无不快，反而松了一口气。是克洛艾带给他的痛苦使这一切得以显现。她燃尽了他歌词中的幼稚。

当 CD 中的人声慢慢消失，凄切的小提琴声（像一把锯子来回拉着，把伤口拉大拉深）慢慢消失时，他问："你觉得怎么样？"

为了让他能细细回味，我缓慢而郑重地说："我认为你正在释放你的才华。"

他的反应就像当初我问他是否想退学时那样：他跳了起来。"还不赖，对吧？"他兴奋地说。我想，也许这就是摆脱克洛艾阴影的方法。

那个傍晚我回来迟了。门廊一片漆黑。最初我没看见杰西在那儿，差点撞到他。"天哪，"我说，"你吓着我了。"透过他身后的厨房窗户，我可以看到蒂娜在明亮的厨房里忙碌，于是我向她走去。

通常，渴望谈话的杰西会跟着我进屋，这个那个地喋喋不休。有时他甚至会靠在卫生间外面，隔着门说个不停。我和妻子交换了今天的好消息（这里有工作，那里有工作，到处都有工作），然后又走了出来。我打开了灯。杰西望着我，嘴角浮现出尴尬的微笑。

我静静地在他身旁坐下。“你知道我害怕发生什么事情吧？”他说。

“知道。”

“它发生了。”

一个朋友打电话来，告诉了他那个消息。

“你敢肯定？”

“是的。”

“你怎么知道是摩根？”

“因为他跟我朋友说了。”

“然后那个朋友跟你说了？”

“没错。”

“天哪，他为什么要那样做？”

“因为他仍然喜欢她。”

“我的意思是你的朋友为什么要告诉你？”

“因为他是我的朋友。”

街对面的中国女人拿着扫帚出现了，她精力旺盛地扫着自家的阶梯。我几乎不敢看他。

“我想她犯了一个可怕的错误。”我无力地说。

刷、刷，扫帚来回扫着，那个女人像一只鸟一样摇晃着她的脑袋。

“我永远不会和她复合了，”他说，“永远。”

他滑下椅子，走下门廊前的阶梯，他这样做的时候，我注意到了他的耳朵。红通通的，就像他前倾着坐在椅子上时揉过它们似的。他通红的耳朵和他离去的方式很不寻常——似乎他无处可去，似乎除了她，所有的任务、所有的人类行为皆属徒劳，就像一座空荡荡的停车场一直延伸至地平线——这使我的心揪成一团，想要在后面大声叫他。

我准备给他放让－皮埃尔·梅尔维尔[①]的《大黎明》(1972)，但他想看《重庆森林》。他将它从楼上的房间里拿了出来。“你介意吗？”他说，“我想看一些克洛艾出现之前我看过的电影。”但电影放到一半，《加州梦》响起，芦苇秆般瘦削的女子在公寓里旋转和起舞的时候，他将碟片拿了出来。“没用了，”他说，“我原以为它会让我振奋起来。”

“它怎么会让你振奋？”

“你知道——我忘掉了丽贝卡；现在，我也能忘掉克洛艾。”

“是吗？”

“但我回不到那个时候了。我不记得喜欢丽贝卡是什么感觉了。它只会让我想起克洛艾。它太过浪漫了。它会让我的手心

---

① 让－皮埃尔·梅尔维尔（Jean-Pierre Melville，1917－1973），法国导演。

出汗。”

第二天晚上他没有回家，而是在答录机上留下了一则相当令人紧张、相当严肃的信息，大意是他将在“工作室”过夜。我从来没见过那个地方，但我知道它相当小，“甚至容不下一只猫摇尾巴”。那杰西到底会在哪儿睡觉呢？还有他语气中不相称的沉重。那是年轻人承认自己偷了一辆车时的声音。

那夜我睡得很不安宁。早上接近八点，我仍然心烦意乱，于是打了杰西的手机并留言说我希望他还好、能否抽空回复他的老爸。然后无端地，我又说我知道他此刻感觉应该相当糟糕，但任何一种毒品，特别是可卡因，都可能让他进医院。或许会杀了他。

“这个问题不能回避。”我说，在空荡荡的客厅里踱来踱去，太阳照射着门廊外面。“不存在任何捷径。”我听起来有点自大并且非常没有说服力。然而当我放下电话，觉得自己平静下来了。虽然表达有点生硬，至少我说出口了。二十分钟后，他回了电话。他起得这样早，真令人奇怪。不过，好歹他打来了，声音有些低沉、有些小心翼翼，仿佛某人正拿枪对着他，或正紧紧地盯着他。

“你还好吗？”我说。

“还好，还好，真的很好。”

“你的声音听起来可不那么好。”

他没好气地哼了一声。“我这段时间一直都非常不开心。”

“我知道，杰西。”我说，然后沉默了一下，他并没有插话。“那么我们晚上见。”

“我们可能要排练。”他说。

“好吧，那我们能在那之后见面吗？一起和蒂娜喝一杯。”

“我尽量吧。”他说。

尽量。（我又不是在请求你向血库志愿献血，儿子。）

我很清楚不应该催他。系着他的那根绳子已经很长了，而且已经在不知不觉中变得很细很细。随时会断。我说了再见。

那天的天气好得反常，阳光耀眼，树木光秃秃的，云朵飞快地飘过天空。一个不真实的日子。

电话再次响起。喑哑的声音，没有抑扬顿挫。“对不起，我对你撒了谎。”他说，顿了一顿，“昨晚我确实吸了毒。我现在在医院。我觉得我心脏病发作了。我的左手麻木了，于是叫了辆救护车。”

“该死……”这是我唯一能说出口的话。

“对不起，老爸。”

“你在哪儿？”

他说出了医院的名字。

“这见鬼的医院在哪儿？”

我听到他盖住电话。随后他又回来，告诉了我地址。

“你现在在候诊室吗？”我说。

“不。我和护士在一起。我在床上。”

“待在那儿别动。”

过了一会儿，我换衣服时，他母亲打来了电话。她正在附近排练一出戏，问她能不能过来吃午餐。

我将玛姬拉上了蒂娜的车。那个明亮的午后，我们驱车赶到医院，停好车，沿着走廊走了三公里，询问了急诊室接待处的人；门滑开了，一群护士、值班医生和穿着蓝色制服的护理人员有说有笑地经过，然后我们左转再右转，到了二十四号床。他躺在那儿，面如死灰，眼睛像大理石，嘴唇发黑且结了一层硬壳，指甲很脏。一台心脏监护器在他头上哔哔地响着。

他的母亲温柔地吻了吻他的前额。我冷淡地望着他。我看了看心脏监护器，问道："医生说了什么？"我不能碰他。

"他说我的心脏跳得非常快，但不是心脏病发作。"

"他们说不是心脏病发作？"

"他们认为不是。"

"他们认为不是，还是他们知道不是？"

他母亲投来责备的一瞥。我将手放在了他的腿上。我说："叫了救护车，做得很好。"我几乎想说（但忍住了），我希望我不用付这个钱。

然后他哭了起来。他看着头顶的白色天花板，泪水沿着脸颊淌下来。"她赢了。"他说。

"谁？"

"克洛艾。她赢了。她和她的旧男友外出寻欢作乐，而我躺在这他妈的医院里。她赢了。"

我感觉自己的心脏像在被一对强有力的手指拉扯着。我想我可能有些头晕。我坐了下来。"人生还很长，杰西。你不知道下一个回合谁会赢。"

"怎么会这样？"他啜泣着说，"怎么会这样？"

我感到自己的胸膛开始发抖。我想，上帝，请不要让他再哭了。

“她打电话给那个家伙，然后他们上了床。”他痛苦地看着我，我只好望向他处。

我说：“我知道事情看上去有点令人绝望。”

“就是这样的，”他哭着说，“真的很糟糕。我没法睡觉，或者合上眼睛。我的脑海里尽是这些画面。”

我想，他会因此而死的。

我说：“事情之所以会这样——都是因为可卡因，亲爱的。它解除了你所有的防备，让事情看起来比原来更糟糕。”这些毫无意义的话，如此无足挂齿、如此令人作呕的没用的话。如同推土机前方路上的花瓣。

“真的？”他用好奇的语调问道，像一个人伸手去抓救生衣一般促使我继续讲下去。我说了十五分钟，他母亲的眼睛从来没有离开过他的脸。我讲啊讲啊讲啊，说了所有我能说的话；我感觉自己似乎在一间黑暗的屋子中摸索，手指四处乱摸，伸进口袋、伸进抽屉、伸进衣服下、伸向台灯，想通过触摸来寻找合适的词语，以再次引发一句“真的”，再次暂时减轻他的痛苦。

我说：“你是能够忘掉这个女孩的，但不是通过可卡因。”

“我知道。”他说。他开始讲，他们正好来到工作室排练。整整一天，他都有一种感觉：杰克知道某些事情，但一直在对他保密。也许克洛艾一直对他不忠，也许在她心里摩根是世界上最好的……诸如此类。

于是他问："有些事情你是不是瞒着我？"

杰克的女朋友算是认识克洛艾，不过杰克说没有什么可告诉他的。杰西又追问了他一下。没有，没有什么新的消息，只有他已经跟杰西讲过好多遍的那些：她打电话给摩根，他已经坐上了去伦敦[1]的巴士，他们在公寓里过了一晚，听了一些"非常酷"的音乐。然后上床了。这就是他们之间的故事，老实说，这就是他知道的所有事情。

接着，有人拿出了可卡因。再就是七个小时以后，大家都睡着了，杰西则跪在地毯上，搜寻可能从桌子上掉下来的可卡因，而他的手臂失去了知觉。他走到眩目的太阳底下，阳光照射着汽车，他发现一家酒吧开着，于是请人家给他叫辆救护车。酒保说："我们管不了这事。"

于是他来到电话亭，那时已经接近中午了，周围车水马龙，非常吓人，他打了911，然后坐在路边等着。救护车到了，急救人员将他放在后座。去医院的路上，他透过后车窗看向外面。他可以看到洒满阳光的街道消失在身后。一位护士问他摄入了什么，叫他告知父母的电话号码，他拒绝了。

"然后我就放弃了，"他说，"我放弃了，然后告诉了他们事情的经过。"

有一阵子，没有人说话。我们只是坐在那儿看着面色苍白的儿子，他用手遮住了脸。

---

① 此处指加拿大城市伦敦。

“这是我叫她别做的一件事，”他说，“唯一一件事。她为什么要做？”你可以从他孩子气的苍白面孔上读出这层意思：她曾这样对他，而他又曾那样待她。

“真是糟糕。”我说。

医生进来了，是位年轻的意大利医生，留着山羊胡子，身材非常结实。我对杰西说：“如果我们留在这儿，你能不能对医生如实说明一切？”

“这很重要，”医生说，如同某人刚开了一个聪明的玩笑，“诚实很重要。”

杰西说能。医生问了一些问题，听了听他的心跳和后背。

“你的身体不喜欢可卡因，”他微笑着说，“看起来也不喜欢香烟。”他直起身子。

“你没有心脏病。”他说。他解释了一些我听不明白的事，手握拳以示心脏停跳。“但是我告诉你，你这个年龄段的人发了心脏病被送到这儿，全都是因为吸了可卡因。全都是这样。”

随后医生离开了。三个小时后，我们也离开了医院。我送他母亲去搭地铁，然后将杰西带回我的家。我们驶进家门前的车道时，他突然哭了起来。“我非常想念那个女孩，”他说，“非常想。”

之后我也哭了。我说：“我会尽全力帮助你，尽全力。”

我们坐在那儿，两个人都在啜泣。

第十五章

随后奇迹发生了（但这并不令人惊奇）。克洛艾，一直盘旋上升的野心家，似乎改主意了。有风声说，摩根已经被打发掉了。她的触角已经伸出。她的好朋友在一个派对上“偶遇”了杰西，告诉他克洛艾“非常非常”想念他。

在我看来，他的神色终于恢复平常了，甚至走路的方式也有点不同了，蹦蹦跳跳的——他没能掩饰这一点。他给我放了一首歌，然后又一首。用娱乐圈的话来说，“堕落的怀旧”现在炙手可热。他们在皇后街的一家酒吧表演。我仍被拒之门外。

感觉到他对“被埋藏的宝藏”的兴趣已经冷却了下来，我开始扩大领域。得和写作有关，因为他似乎正朝着那个方向发展。而答案就在眼前，如同脸上的鼻子一样显而易见：我们应该看一批剧本写得特别好的电影。我们会放伍迪·艾伦的《曼哈顿》(1979)。不过也会看看《低俗小说》(1994)，弄清楚有趣的写作和真正的写作之间的区别。《低俗小说》，如名所示，非常具有娱乐性，对白出色而夸张，全片没有体现一点真正的人性。我提醒自己要给他讲讲契诃夫在莫斯科一间剧院观看易卜生的戏剧《玩偶之家》的故事：幕间休息的时候，契诃夫转身对一个朋友低声说："不过听着，易卜生不是一个剧作家……易卜生完全不了解人生。人生全然不是那个样子。"

所以为什么不放路易·马勒的《万尼亚在42街口》呢？他还太年轻，看不了契诃夫——是的，那会闷死他——但我猜他准会喜欢华莱士·肖恩[①]扮演的满腹牢骚、备受浪漫关系折磨的万尼亚，特别是当他针对谢列勃里雅科夫教授夸夸其谈的时候。"我们不能全都从事说和写，像农场机器一样吐出词儿！"

是的，杰西会喜欢万尼亚。"真是适合自杀的好天气。"

随后作为甜点，我会给他放《逃亡》(1944)。看看它的阵容吧：根据海明威（那时他是个疯子，牛饮马提尼，狂吞安眠药，并在凌晨四点起来胡写一气）的小说改编；编剧是热衷于描写性早熟少女的威廉·福克纳[②]；还有著名的鲍嘉[③]和白考尔在海滨酒店楼梯上的场景，她以这样的台词对他主动献身："你不必做什么或说什么；或者，你可以只吹口哨。你知道怎么吹口哨，对吗，史蒂夫？你只需要合上嘴唇吹就得了。"这属于最高级别的炫耀式写作。

---

① 华莱士·肖恩（Wallace Shawn，1943－ ），美国演员。
② 威廉·福克纳（William Faulkner，1897－1962），美国作家、编剧。
③ 亨弗莱·鲍嘉（Humphrey Bogart，1899－1957），美国编剧、演员。

说起这个，我还会给他放大卫·马梅[1]的（听听这炫耀式的名字）《大亨游戏》（1992）。人生输家的三流房地产销售人员聚在一间办公室里，一个人正在呵斥他们。“放下咖啡，”亚历克·鲍德温[2]对惊愕不已的杰克·莱蒙[3]说，“咖啡只给达成交易的人喝。”

这就是我的计划。之后我们会放更多的黑色电影，《南街奇遇》（1953）等等。这些都在计划中。

随后是圣诞假期。晚上，我和杰西外出，雪花轻盈地飘落。探照灯照射着冬季的天空，天知道在寻找什么、庆祝什么。他没有再和克洛艾见过面或谈过话，没有打过电话，没有电子邮件，但最近她应该会回家和父母共度一周。会有一个派对，他会在派对上见到她。

“如果她再那样做怎么办？”他问。

“什么意思？”

“和另一个男人约会。”

至此，我已经学会了不去瞎蒙、做“这个我有数”之类的预测（我都没有预料到摩根的出现）。

“你知道托尔斯泰说过什么吗？”我说。

“不知道。”

“他说一个女人永远不可能以同样的方式伤害你两次。”

一辆汽车走错了道，驶进了我们脚下的单行道，我们都看着

---

① 大卫·马梅（David Mamet，1947－ ），美国编剧、导演。

② 亚历克·鲍德温（Alec Baldwin，1958－ ），美国演员。

③ 杰克·莱蒙（Jack Lemmon，1925－2001），美国演员。

它。“你觉得真的是这样吗？”他说。

我认真想了想。（他会记得一切事情，当心你许下的承诺。）我在离我而去的情人的清单（长得惊人）上搜索了一番。是的，确实如此，没有一个女人能够像她第一次离开我时那样深深地伤害我。然而我也意识到就大多数情况而言，我根本没有机会被同一个女人伤害两次。当我那些不开心的情人们逃离时，她们通常一次就跑得很远。

“是的，”过了一会儿我说，“我想是这样的。”

过了今晚，只剩几天就到圣诞节了，我笨手笨脚地忙着装点圣诞树，电灯忽灭忽闪，有些亮，有些不亮，这是一个无法解释的物理难题，只有我妻子才能搞定。此时我听到楼梯仿佛被人踩塌的声音，一股强烈的止汗剂的味道（像用自行车打气筒喷出来的一样）渗进了房间，而我们年轻的王子走进寒风中，去迎接他的命运了。

那晚他没有回来。第二天早上电话答录机里出现了一条充满成年男性气概的留言。草坪上铺了一层新鲜的雪，太阳已经在天空中发散出光芒了。下午晚些时候他回来了，关于昨晚的细节，他很仁慈，只说了重点。他的确去参加派对了，和一班头戴棒球帽、穿着尺寸过大的T恤和连帽衫的少年混在一起。然后他看到了烟雾腾腾的客厅里的她，音乐震耳欲聋。他们聊了一会儿，这时她低声道：“如果你一直那样看着我，我就要吻你了。”天哪，他们从哪儿学到的这些话？难道他们参加派对前都在家苦读托尔斯泰吗？

对于之后发生的事他含糊其辞(理应这样)。他们待在派对上，突然间他们两人都无须匆忙了。奇怪但真实的是，似乎最近的几个月变得模糊而不真实起来，仿佛什么都没发生过（然而事情确实发生了，而关于这个，之后还会有很多可说的)。不过，现在，他们就像正骑着一辆没有刹车的自行车靠着惯性缓缓下山；即使你努力阻止，这股动力也不会停下来。

现在，想起电影俱乐部，我便知道它就是从那个夜晚开始渐渐走向尾声的。杰西的人生翻开了新的一页。那时我还没想到这一点。那时，事情看起来一如平常，仿佛问题已经解决，我们能够回到电影俱乐部了。

然而，即便在写下这些字的时候，我还是持谨慎态度。我记得我对大卫·柯南伯格的上一次访问，那时候我相当悲哀地评论道，抚养孩子的过程就是一连串的再见，一个接着一个，开始是和尿布，然后是和儿童防雪服，最后是和孩子本人。“他们把整段青春年华都用来离开父母……”在我发表观点的时候，孩子已经长大成人的柯南伯格打断了我的话：“是的，但他们是否真的离开过呢？”

几晚之后，不可思议的事情发生了。杰西邀请我去观看他的表演。他要在不远处的一家俱乐部进行表演，滚石乐队也曾经在那儿表演过，据说我们总理的前妻还在那儿带了其中一位吉他手回家。一年前杰西曾经将我从那儿赶出来。总而言之，那里充满了历史感。

我被告知要在凌晨一点前的几分钟到达前门，并且举止要得体，即不要笨拙地流露自己的情感，以免有损他的危险气息和异性恋式硬朗的“街头声望”。我欣然同意。蒂娜没有被邀请，同时出现两位满怀敬慕、泪眼婆娑的成年人就太过分了。她也欣然同意了。她是一个苗条的女人，身上脂肪很少，一想到要走进冰凉的空气，可能要在凌晨排队等待四十五分钟，而安大略湖的冰冷气流正吹过街头，她最急切的好奇心马上就打了退堂鼓。

于是那夜十二点三十分，我冒险走上结冰的人行道，穿过了公园。我沿着唐人街一条荒凉的街道行走，可以看到猫在阴影里咬着说不上来是什么的东西。转过拐角，风从我背后袭来，一直吹到我抵达酒吧为止。在那儿等候的年轻人似乎跟上次是同一批，他们抽着烟、讲着粗话、哈哈大笑，呼出的气体在他们面前凝结，像是漫画里的对白框一样。然后我看到了杰西。他疾步向我走了过来。

“你不能进来，老爸。”他说。他看起来惊慌失措。

“为什么不能？”

“里面看起来不太好。”

“那是什么意思？”我问。

“里面没有那么多人。我们前面的表演进行得太长，走了一些观众——”

我可真是受够了。我说：“你让我在一个冰天雪地的夜晚离开温暖的被窝，我穿好衣服，一路喘着粗气来到这儿，现在是凌晨一点，我已经期待了好多天，而你却告诉我我不能进去？”

几分钟后他领着我上了楼，经过他以前撞见我时我身旁的公用电话。（时间过得可真快。）我进了一间小小的、天花板很低的会堂，里面非常暗，最后面是一个小小的方形舞台。几位极瘦的姑娘坐在舞台侧边的一排椅子上。她们踢着腿，抽着烟。

他其实担心过头了：接下来的十分钟里，门口来了许多戴着发网的矮壮的黑人男孩和描着黑色眼线的修长姑娘（她们看起来像受惊的浣熊），黑压压的一片。还有克洛艾。她戴着钻石鼻钉，一头蓬蓬的金发。（他说得对——她看起来确实像个电影明星。）她像私立学校的小姑娘在暑假遇到校长似的欢快而礼貌地和我打了招呼。

我坐在那些巨大的黑色立方体（我一直不知道它们是什么，是被丢弃的扬声器，还是包装箱——谁知道呢）后面的角落里。那个区域是如此之黑，我几乎辨不出身边两位姑娘的样子。尽管我可以闻到她们的香水味，还可以听到她们欢快而又有些淫秽的交谈。

杰西告诫我待在那儿，别说话，别乱动。他说他上台之前需要处理好“一些事情”。

我坐在黑暗中，心脏因为难以忍受的焦虑而怦怦作响。我等啊等，等啊等。来了更多的孩子，屋子热了起来。最后一个年轻男子走上台（他脚下是米克·贾格尔[①]曾经站过的地方吗？）叫观众“做好他娘的准备”，将“热烈的鼓掌喝彩”献给“堕落的怀旧”！

① 米克·贾格尔（Mick Jagger，1943－ ），英国歌手，滚石乐队主唱。

没错，正是“堕落的怀旧”。随后他们出场了，两个身材瘦长的男孩，杰西和杰克。《天使》的节拍响了起来，杰西将麦克风放到唇边，唱出了那些苦涩又损人的歌词，如同特里斯坦对伊索尔德[1]的怒吼；克洛艾站在人群中，头稍稍倾斜，仿佛在躲避歌词中的攻击和辱骂。

这不再是那个坐在沙发上看电影的少年。站在我面前舞台上的是“其他人”，而我再一次感觉到他在从根本上远离我，感觉到了他的“自我”……

对于杰西和我来说，各种各样的事情都在发生：几个月后，他为《天使》拍了音乐录影带；克洛艾扮演“那个姑娘”（原先雇的女演员因为滥用可卡因而没有出现）。我们在天堂餐馆又吃过几次饭，杰西在门廊和蒂娜又吸过几次烟（当我写下这些的时候，我甚至都能听到他们如同在密谋般的高低起伏的声音）。我们看了更多的电影，不过现在是在电影院看了。我们两人坐在过道左边第九或十排的位置，那是“我们的位置”。他和克洛艾·史丹顿－麦凯布吵了几次，在经历边缘政策后，又戏剧性地和好了。他有时宿醉不醒，有时行为懒散，有时又突然热衷于烹饪写作，在一位日本厨师门下进行坎坷的修业，还小小地“入侵”了一下英国音乐圈（“他们有自己的饶舌歌手，老爸！”）。

他还收到了一张来自丽贝卡·吴（除了她还有谁）的可疑的生日贺卡，她目前正在法学院读二年级。

---

① 典出古老的凯尔特传说，发生在特里斯坦与伊索尔德之间的是一出爱情悲剧。

然后有一天——这一天来得挺突然——杰西说："我想重返学校。"他报名参加了为期三个月的速成课程，包括数学、科学和历史，那些几年前曾经打败他的可怕科目。我认为他不可能撑下去，不可能连续几个小时坐在教室里。还有那么多家庭作业。然而我再一次错了。

他的母亲，这位来自牧场的前高中老师，在她位于希腊城的家里指导他学习。进展并不顺利，尤其是数学。有时候，他会生气地摇摇头，从厨房的桌子边站起来，一脸挫败，像疯子一样绕着街区狂走一通。但最后他总是能回到桌前。

他开始在那边过夜——早晨学习效率比较高，他解释说。然后发展到完全不回我的家。

参加大考前一晚，他给我打电话。"不管结果如何，"他说，"我希望你知道我真的尽力了。"

几周后，一枚白色信封躺在了我的信箱里。我几乎不敢看他爬上门廊前的阶梯、取出信封、打开了它。他的手在发抖，读信的时候头在不停地前后晃动。

"我通过了，"他大叫道，并没有抬头看我，"我通过了。"

他没有再回我的房子住过。他待在他母亲的家里，随后跟他在学校遇见的一位朋友一起租了间公寓。据我所知，有过一件关于姑娘的麻烦事，但他们解决了。或者没解决。我记不清楚了。

我们一直没能一起看"了不起的剧本"单元的电影，我们已经没有时间了。我想，这真的没有什么。总有一些东西是我们来不及看的。

他已经长大成人，不再需要电影俱乐部，某种程度上也不再需要我了。他不再是那个爸爸的乖儿子。你可能早就时不时地觉得这一天会到来，然而突然间，这一天真的来了。这真的能让人大跌眼镜。

有一些夜晚，我经过他三楼的卧室，走进去，坐在了床边；他已经离开的这件事显得那么不真实，最初几个月里，每次经过那儿，这个念头都萦绕着我。我注意到，他将《重庆森林》放在了床边的桌子上；这部电影对他已经没用了，他已经从中得到了需要的东西，便把它留在了那儿，就像蛇蜕下的皮。

坐在床边，我意识到，他永远也不可能像从前那样回来了。从现在起，他就只是一个过客了。但这是一件多么奇怪、不可思议、意想不到的礼物啊，在一个年轻人的人生中，这三年通常正是对父母关上心扉的时候，而他却向我们敞开了。

我是何其幸运（尽管在那时看来可不是这样），由于没有工作，而拥有了那么多的空闲。白天、夜晚和午后。时间。

我仍然不时做白日梦，幻想再搞一个“被高估的电影”单元。我是多么想谈谈《搜索者》（1956），谈谈人们对它的令人费解的称赞和愚蠢的评析；或者谈谈吉恩·凯利[①]在《雨中曲》（1952）中致命的虚假。杰西和我，我们仍然有时间，但不再有那种时间，那种枯燥乏味、有时候简直单调得令人生厌的时间，而那才是与人共同生活的真正标志，你以为那样的时间会永远持续下去，然

---

① 吉恩·凯利（Gene Kelly，1912－1996），美国演员。

而有一天，你会发现，不是这样子的。

许许多多事情在发生。他上大学的第一天，写着他名字、有他照片的学生证带来的那种无法言喻的快乐，他的第一份作业——《约瑟夫·康拉德<黑暗之心>中多角度叙事的作用》，他第一次和大学同学在课后喝啤酒的经历。

但此时在我眼前，只有一个市中心破旧俱乐部舞台上的高个子少年，他手上拿着一支麦克风，他的父亲隐藏在观众当中，和那些穿着滑雪衫、有着浣熊般眼睛的女孩们一起坐在黑暗中。我得承认我私下里偷偷哭了一把。我不知自己为何而哭——我想，也许是为了他，为了发生在他身上的事，为了不能重温的时间而哭；而《真实罗曼史》中的台词一直在我的脑海中不断重复："你真酷，你真酷，你真酷！"

致谢

写一本关于家庭成员的书，特别是如果你爱他们的话，会是一种痛苦不堪的经历，而且是我短期内不会去重复的一种经历。写完这本书，我首先要感谢我的儿子杰西，他信任我，为我提供了他的照片，并在没事先读过原稿的情况下就允许我出版。我同样要感谢他的母亲，玛姬·胡索拉克，谢谢她做了许多我在此无法枚举的事情。我也想说明，虽然我的女儿玛姬·吉尔莫（现已长大并住在芝加哥）并没有出现在这个特别的故事中，但她在我的人生中却是非常重要且无可替代的存在。回顾过去这近四十年，我欠她母亲安妮·麦肯西一个感谢，也许还有钱。

我要将本书献给编辑和出版人帕特里克·克林，是他挽救了我的写作生涯；我同样要感谢我的经纪人山姆·希雅特，某段时间和我电话联系不上时，他展现了他的重要性和热情。我要感谢十二出版社的乔纳森·卡普、奈特·格雷以及加里·戈德斯泰因；

感谢玛尼·杰克逊委托我写关于托尔斯泰的稿子；感谢皇后音像店的男男女女，感谢他们不知疲倦地提供服务，甚至对最无关紧要的隔夜短租也是如此。一如既往，我必须感谢天堂餐馆的侍者，本书的部分篇幅是在那里写成的。

当然，没有我妻子蒂娜·格拉德斯通的爱和坚定鼓励，我不知道这本书，或者是我，会变成什么样子。

FILMOGRAPHY

书中影片清单

阿基尔，上帝的愤怒	*Aguirre, der Zorn Gottes*
安妮·霍尔	*Annie Hall*
矮子当道	*Get Shorty*
肮脏的哈里	*Dirty Harry*
八部半	*8 ½*
不可饶恕	*Unforgiven*
布利特	*Bullitt*
巴黎最后的探戈	*Ultimo tango a Parigi*
疤面煞星	*Scarface*
本能	*Basic Instinct*
丛林热	*Jungle Fever*
重庆森林	*Chungking Express*
大白鲨	*Jaws*
独闯迈阿密	*Stick*

大盗独行	*Thief*
蒂凡尼的早餐	*Breakfast at Tiffany's*
大亨游戏	*Glengarry Glen Ross*
大黎明	*Un Flic*
夺命凶灵	*Scanners*
第三人	*The Third Man*
低俗小说	*Pulp Fiction*
独行杀手	*Le Samouraï*
德州电锯杀人狂	*The Texas Chainsaw Massacre*
大侦探	*The Late Show*
法国贩毒网	*The French Connection*
飞越迷城	*Ishtar*
公民凯恩	*Citizen Kane*
鬼婆	*Onibaba*
虎豹小霸王	*Butch Cassidy and the Sundance Kid*

汉娜姐妹	*Hannah and Her Sisters*
好奇心	*Le Souffle au Cœur*
火山：马尔科姆·劳瑞的生死调查	*Volcano: An Inquiry into the Life and Death of Malcolm Lowry*
荒野大镖客	*Per un pugno di dollari*
环游世界八十天	*Around the World in 80 Days*
决斗	*Duel*
绝对权力	*Absolute Power*
继父	*The Stepfather*
教父	*The Godfather*
教父 2	*The Godfather: Part II*
惊魂记	*Psycho*
紧急搜捕令	*Magnum Force*
巨人传	*Giant*
机械战警	*RoboCop*

机智问答	*Quiz Show*
开放的美国学府	*Fast Times at Ridgemont High*
卡萨布兰卡	*Casablanca*
乱	*Ran*
了不起的盖茨比	*The Great Gatsby*
007 之诺博士	*Dr. No*
洛丽塔	*Lolita*
流氓警察	*Internal Affairs*
罗马假日	*Roman Holiday*
洛奇 3	*Rocky III*
猎人之夜	*The Night of the Hunter*
落水狗	*Reservoir Dogs*
罗斯玛丽的婴儿	*Rosemary's Baby*
蓝丝绒	*Blue Velvet*
柳巷芳草	*Klute*

灵欲春宵	*Who's Afraid of Virginia Woolf?*
另一个女人	*Another Woman*
迈阿密风云（电视剧）	*Miami Vice*
美国风情画	*American Graffiti*
毛骨悚然	*Shivers*
曼哈顿	*Manhattan*
猛龙铁金刚	*Mr. Majestyk*
美人计	*Notorious*
码头风云	*On the Waterfront*
谜中谜	*Charade*
南街奇遇	*Pickup on South Street*
女囚尼基塔	*Nikita*
漂亮女人	*Pretty Woman*
亲爱的妈咪	*Mommie Dearest*
穷街陋巷	*Mean Streets*

全金属外壳	*Full Metal Jacket*
潜龙轰天	*Under Siege*
驱魔人	*The Exorcist*
群鸟	*The Birds*
情枭的黎明	*Carlito's Way*
热情如火	*Some Like It Hot*
四百击	*Les Quatre Cents Coups*
生活多美好	*It's a Wonderful Life*
闪灵	*The Shining*
搜索者	*The Searchers*
死亡地带	*The Dead Zone*
谁为我伴	*Plenty*
甜蜜的生活	*La dolce vita*
唐人街	*Chinatown*
特殊任务	*The Last Detail*

逃亡	*To Have and Have Not*
偷自行车的人	*Ladri di biciclette*
沃尔顿一家（电视剧）	*The Walton*
万尼亚在 42 街口	*Vanya on 42nd Street*
巫山风雨夜	*The Night of the Iguana*
52 号密杀令	*52 Pick-Up*
外太空计划 9	*Plan 9 from Outer Space*
危险关系	*Jackie Brown*
西北偏北	*North by Northwest*
星尘往事	*Stardust Memories*
现代启示录	*Apocalypse Now*
性感野兽	*Sexy Beast*
线人	*The Friends of Eddie Coyle*
夜长梦多	*The Big Sleep*
阴间大法师	*Beetlejuice*

野狼	*Hombre*
与鲨同游	*Swimming with Sharks*
夜探毒龙潭	*Night Moves*
窈窕淑男	*Tootsie*
欲望号街车	*A Streetcar Named Desire*
艳舞女郎	*Showgirls*
异形	*Alien*
一夜狂欢	*A Hard Day's Night*
雨中曲	*Singin' in the Rain*
这个杀手不太冷	*Léon*
战略高手	*Out of Sight*
真实罗曼史	*True Romance*
正午	*High Noon*
罪与错	*Crimes and Misdemeanors*

图书在版编目（CIP）数据

曾经少年 /（加）大卫·吉尔莫著；连城译．--2版．--海口：南海出版公司，2020.8

ISBN 978-7-5442-9898-8

Ⅰ．①曾… Ⅱ．①大… ②连… Ⅲ．①传记文学－加拿大－现代 Ⅳ．①I711.55

中国版本图书馆CIP数据核字（2020）第041518号

著作权合同登记号 图字：30-2020-010

曾经少年
〔加〕大卫·吉尔莫 著
连城 译

出　　版　南海出版公司　(0898)66568511
　　　　　海口市海秀中路51号星华大厦五楼　邮编 570206
发　　行　新经典发行有限公司
　　　　　电话(010)68423599　邮箱 editor@readinglife.com
经　　销　新华书店

责任编辑　黄宁群
特邀编辑　敬雁飞　聂小雨　刘悦慈
装帧设计　朱　琳
内文制作　王春雪

印　　刷　北京天宇万达印刷有限公司
开　　本　850毫米×1168毫米　1/32
印　　张　7.5
字　　数　136千
版　　次　2020年8月第2版
印　　次　2020年8月第1次印刷
书　　号　ISBN 978-7-5442-9898-8
定　　价　55.00元